COLLECTION FOLIO

Didier Daeninckx

Le retour d'Ataï

Gallimard

Les accords de Nouméa, signés en 1998,
ont officialisé le mot kanak
et l'ont rendu invariable, soulignant la dimension paternaliste
et coloniale du terme usuel canaque.

Didier Daeninckx est né en 1949 à Saint-Denis. De 1966 à 1975, il travaille comme imprimeur dans diverses entreprises, puis comme animateur culturel avant de devenir journaliste dans plusieurs publications municipales et départementales. En 1983, il publie *Meutres pour mémoire*, première enquête de l'inspecteur Cadin. De nombreux romans noirs suivent, parmi lesquels *La mort n'oublie personne, Lumière noire, Mort au premier tour*. Écrivain engagé, Didier Daeninckx est l'auteur de plus d'une quarantaine de romans et recueils de nouvelles.

PROLOGUE

Une année entière avait passé sur la mort de Minoé, et Gocéné s'était alors senti libre de quitter la tribu de Tendo. Au lever du soleil, il s'était assis sur la première banquette de l'antique Mercedes, juste derrière le siège du chauffeur, et il avait attendu que la carlingue s'emplisse de la marmaille endormie et des collégiens que Joseph conduisait à Hienghène chaque matin de la semaine. Il les connaissait tous et tous le saluaient, le regard baissé. Son arrière-petit-fils vint prendre place près de lui, sans prononcer le moindre mot. Bientôt le car secoua sa ferraille sur les premières caillasses de la piste. Ils longèrent la rivière, les torrents, franchirent au pas le barrage que construisaient des ouvriers kanak et wallisiens, s'arrêtant deux fois par kilomètre dans la descente du massif pour recueillir d'autres écoliers venus des fermes dispersées. À un moment deux cavaliers à cru, sabre d'abattis à la ceinture, lourdes dreadlocks battant les épaules, débouchèrent d'une cocoteraie et accompagnèrent le bus jusqu'à la fourche de Tiendanite. Ils immobilisèrent leurs chevaux près des carcasses rouillées des pick-up surmontées de deux mâts où flottaient, à la manière d'un monument indien des Hautes Plaines, les lambeaux de tissu décoloré, restes de vêtements prélevés sur les corps de ceux qui, là, avaient été assassinés. Dans le silence que troublaient seuls les grincements des suspensions, le gamin venait de poser sa main sur celle de son aïeul. Sa tête s'inclina pour aller se caler contre l'épaule du vieil homme.

— Grand-père, à Tendo tout le monde dit que si tu t'en vas pour de vrai, tu ne reviendras jamais...

Gocéné retourna sa paume pour glisser ses doigts entre ceux de l'enfant. Il laissa la question se dissoudre dans son silence tout en observant la côte qui se découpait au loin derrière les racines aériennes d'une forêt de banians. L'air devenait transparent, et s'allumait au gré des éclats du soleil qui dansait sur la crête des montagnes. Les roches noires pétrifiées de Lindéralique surgissaient des étendues turquoise tandis que plus loin, un chapelet d'îlots argentés battus par l'écume des vagues marquait les limites du lagon. Le car filait maintenant sur le coaltar rapiécé à la latérite, le long de l'enchevêtrement humide de la mangrove. Il se délesta de l'essentiel de ses passagers à hauteur de la base de loisirs dont les bâtiments accueillaient les élèves de l'école primaire, et poursuivit sa route en grimpant vers la gendarmerie. C'était ici, dans un abribus de béton recouvert de fresques indépendantistes, de graffiti caldoches, que Gocéné avait rendez-vous avec un camionneur, qui devait l'emmener jusqu'à La Tontouta. Le gamin se leva pour laisser le passage à son arrière-grand-père et se hissa sur la pointe des pieds pour l'embrasser.

— Tu ne m'as pas répondu tout à l'heure... Tu me promets que tu vas revenir...

Gocéné le serra contre lui.

— Je suis déjà parti là-bas avec Minoé, il y a très longtemps, à une époque où il n'y avait pas d'avions, et nous sommes revenus au village. Si tu penses toujours aussi fort à moi, je serai bientôt de retour.

La portière se replia sur elle-même, dans un soupir pneumatique.

— Ça veut dire combien de temps ?

— Personne ne le sait. Même moi avec mon âge... Le temps qu'il faudra pour effacer les traces.

De l'autre côté de la route, Moktar sortait ses pirogues multicolores des abris en bambous et les disposait sur la plage en épousant la forme de l'anse. Le camion chargé de coprah contourna la mairie pour s'arrêter devant l'effigie armée d'Éloi Machoro à laquelle une main impie avait ajouté un pétard de bonnes dimensions, entre les lèvres. Wathiock quitta sa cabine pour hisser la valise de l'ancêtre et il en profita pour vérifier l'arrimage des bâches qui devaient protéger sa cargaison de pulpe de noix de coco jusqu'aux entrepôts de Nouméa. Wathiock était originaire de Coulna, une tribu perchée bien plus haut encore dans la montagne que Tendo. Ils avaient fait connaissance quinze années plus tôt, pendant la grande révolte, sur un barrage qui interdisait l'accès à Hienghène. Il avait payé de deux ans d'emprisonnement son refus de regretter les coups de feu tirés contre des soldats français, et maintenant il sillonnait la Grande Terre en nourrissant son auto-radio de toutes les chansons reggae-kaneka qui lui tombaient sous la main :

J'ai voulu répondre à leur provocation
Je suis la proie de la répression
J'ai proclamé mon innocence
Je reçois des années de silence.

Wathiock ralentit après avoir franchi le sommet d'un col, à la sortie d'un village. Il tendit son bras devant le visage de Gocéné pour désigner une clairière délimitée d'un côté par des pins colonnaires et fermée de l'autre par des fougères arborescentes.

— Tu te souviens, c'est là qu'on était, en compagnie de Kali. On se croyait à l'abri, mais ils ont réussi à se poser sur la crête, avec leurs hélicoptères... C'est eux qui ont commencé à tirer, sans sommations. En mangeant les crevettes de creek, tu nous as raconté qu'on t'avait mis en cage avec des animaux sauvages, au zoo de Vincennes, en 1931. Je n'y croyais pas trop sur le moment, je pensais que tu exagérais, mais ils en ont parlé ensuite dans les journaux, à cause de Willy, l'arrière-grand-père de Christian Karembeu, qui faisait lui aussi partie du lot. Tu l'as connu ?

Le hochement de tête de Gocéné se confondit avec les soubresauts que la piste imposait à la carrosserie.

— Sa famille s'est installée sur l'île de Lifou bien plus tard, mais il était de Canala. On est restés ensemble quelques semaines derrière les grilles de l'Exposition coloniale jusqu'à ce que certains, lui et Minoé entre autres, soient échangés contre des crocodiles allemands et qu'on les expose dans tous les zoos d'Allemagne... J'ai aussi longuement parlé avec lui sur le *Ville de Verdun,* le bateau qui nous emmenait vers l'Europe, après la mort de Bazit, un albinos de Wé. On refusait que le corps de Bazit soit donné aux requins, on voulait l'enterrer aux Nouvelles-Hébrides où nous avions fait escale deux jours plus tôt. Le capitaine n'a pas accepté de faire demi-tour. Ils l'ont jeté à l'eau, de nuit, sans que nos pleurs l'accompagnent. En représailles, on a arrêté de répéter les fausses danses tribales et les cris de guerre qu'un envoyé de l'Exposition nous apprenait chaque matin sur le pont, avant de manger.

Wathiock roula au pas pendant une centaine de mètres, le temps de dépasser quelques vaches qu'une femme tentait de contenir sur l'herbe du bas-côté à l'aide d'une badine.

— Je ne connais de la France que les quatre murs d'une prison et toi que les barreaux d'une cage ! Je n'y retournerais pour rien au monde...

Il fit une embardée pour éviter l'écart d'un des bestiaux dont les cornes ripèrent sur la tôle, puis il reprit de la vitesse sans pousser plus avant la confrontation avec Gocéné. C'était à l'ancien de dire ce qui le poussait vers l'air conditionné d'une carlingue de Jumbo, à près de quatre-vingt-dix ans, et s'il choisissait de se taire il ne lui restait à lui, Wathiock, qu'à interroger son silence. Avant de traverser la largeur de l'île pour rejoindre la côte occidentale, ils avalèrent des brochettes de cerf, du vivaneau, et de la bière dans une paillote plantée sur le sable blanc d'Houaïlou. Aux longs déroulés de bitume, lisses comme un tarmac, succédaient des portions de pistes défoncées que n'annonçait aucun panneau. De loin en loin, des troncs noircis de niaoulis s'élevaient au-dessus d'un paysage de cendre. Absorbé par les risques de la conduite, Wathiock n'eut même pas le loisir de changer la cassette qui s'éteignit sur *Peuple opprimé*, le dernier kanéka de Vamaley. Il y eut un ultime arrêt près de l'ancien bagne de Bourail, pour faire de l'essence, et le camion s'élança sur la route territoriale numéro 1 posée sur la terre grasse des vallées de l'ouest. Comme on place un tissu épais sur la cage d'un mainate, la nuit tomba d'un coup, alors qu'ils approchaient de La Tontouta. Wathiock déposa Gocéné devant les portes de l'unique salle d'attente de l'aéroport. Il voulut descendre à son tour pour l'aider à porter sa valise jusqu'aux guichets d'embarquement, mais un policier lui ordonna d'un geste de la main appuyé par un bref coup de sifflet de dégager son camion de l'aire de stationnement-minute. Dans le rectangle de son rétroviseur il vit le vieil homme se baisser pour ramasser un morceau de noix de coco tombé au moment du démarrage. L'éclat dans une main, son bagage dans l'autre, il pénétra dans le champ d'une caméra de surveillance. Une cellule photoélectrique détecta sa présence et commanda l'ouverture des vitres pour lui laisser le passage.

CHAPITRE UNIQUE

Vingt-trois heures plus tard, après une courte escale à Tokyo-Narita, Gocéné posait le pied sur le sol de ce que les livres appelaient « métropole », trois quarts de siècle après sa première visite. Si, à ce moment précis, on lui avait posé la question de savoir ce qu'il comptait faire en France, il aurait répondu qu'il venait chercher un frère dont la trace s'était perdue, cent vingt-quatre années plus tôt et qu'il comptait bien le ramener parmi les siens.

Un manteau plié sur l'avant-bras, Jimmy l'attendait devant l'escalier mécanique qui plongeait vers les voies du chemin de fer régional.

— C'est presque l'hiver ici...

Gocéné colla sa joue contre la vitre froide pour voir défiler le paysage, et ils n'échangèrent que de brèves paroles, quelques sourires pendant le trajet jusqu'à Montreuil. Ils s'étaient rencontrés dix ans après les événements, à Tendo, quand le Parti de Libération Kanak dont Jimmy était un fondateur, avait choisi le village de Minoé pour réunir son congrès annuel. Deux semaines avant les palabres, la rédaction des motions enfiévrées, il était monté à pied par la piste et s'était arrêté à Tiendanite pour se recueillir sur la tombe de Jean-Marie Tjibaou. Puis il avait participé à la construction de la grande case que la tribu des montagnes offrait à ceux qui l'honoraient de leur présence. Pour, l'édifier, le conseil avait choisi une butte située face à l'entrée de l'église dont elle était séparée par la surface plane du terrain de basket où parfois, la nuit, on rassemblait les chevaux. Gocéné avait vu grandir l'arbre solitaire destiné à figurer le grand mât central, un *houp* enraciné sur le chemin de Coulna qui veillait, comme le fait un chef, sur son territoire près des cascades. C'est à lui qu'était revenu le droit de porter le premier coup de hache, de nouer la première liane pour le traîner sur le sentier coutumier, d'ouvrir le chemin aux deuilleurs qui grimaçaient, les épaules enflammées par le frottement des cordes. Le tronc surmonté de sa sculpture faîtière protégeait aujourd'hui les habitants de Tendo, les vivants et les morts, ainsi que leurs invités.

Gocéné se laissa guider au travers d'un lacis de rues étroites et de placettes bordées de pavillons que surplombaient les barres des cités, les tours des sièges sociaux. Au sommet de l'une d'elles, un sigle de lumière mauve s'allumait au rythme du cœur humain. Intrigué, le vieil homme observa les doigts de Jimmy s'agiter au-dessus des touches du digicode auquel il confia même quelques mots. L'ascenseur s'ouvrit face à une porte tenue entrebâillée par une fillette au regard interrogateur. Derrière elle, une femme d'une trentaine d'années, européenne, attendait dans l'entrée que décoraient un foulard rouge et des bambous gravés.

— Je te présente Isabelle, et la petite, c'est Karine.

Elle l'aida à se débarrasser du manteau prêté par Jimmy.

— Vous avez fait un très long voyage... Vous devez avoir envie de vous reposer. Je vous ai préparé une chambre...

La gamine interrompit sa mère.

— C'est la mienne. Je suis contente de te la prêter. Papa m'a mis un matelas dans la sienne...

— Je te remercie, mais j'ai dormi dans les nuages, il n'y avait rien d'autre à faire. Je n'ai pas touché aux plats qu'ils m'ont servis, ça ne me disait rien...

Gocéné se baissa pour prendre dans son sac un bloc de pierre de lave dans lequel avait été sculpté un lézard. Il l'enveloppa dans un manou multicolore puis le tendit, posé sur ses deux mains, à Jimmy tout en prononçant quelques mots en dialecte.

Ils mangèrent une sorte de pot-au-feu dans lequel Jimmy avait ajouté de gros cubes prélevés sur l'igname acheté au marché de Belleville pour faire honneur au visiteur. Tard dans la nuit, Gocéné ouvrit son bagage, bouscula les piles de vêtements pour prendre une pochette en plastique qui protégeait quelques papiers et une assez mince revue. Il la fit glisser à l'extérieur, s'approcha de la vitre et, suspendu au-dessus de la ville, dans les battements mauves du néon, il feuilleta les pages retenues par deux agrafes. Ses doigts ridés s'immobilisèrent le temps de promener son regard sur chacun des détails colorés des objets représentés, et de lire les lignes de légende insérées dans leurs cartouches.

Il observa le disque aux reflets verts maintenu dans l'incision d'un bois par un laçage de cordelettes. *« Hache-ostensoir : lame de jade poli emmanchée, tenue en main et destinée à frapper, assommer, défoncer, pourfendre ».* À la page suivante, un couteau de nacre confectionné à partir d'une valve d'huître, de cordonnets de poils de roussette, lui rappelait celui dont sa mère usait, un monde plus tôt, à Canala, pour couper les racines et, disait-on, les cordons ombilicaux. Il s'attarda sur la photo d'une monnaie de perles à tête sculptée et os de lézard. Lors de la cérémonie de mariage avec Minoé, à leur retour de l'Exposition coloniale, le chef Joseph lui avait transmis un sceau similaire dont la composition, à partir des éléments vivant sur la terre, dans les airs et la mer kanak, symbolisait ce qui unissait les hommes et le cosmos. Il ne s'en était jamais séparé, jusqu'à la disparition de Minoé. Il lui avait fallu faire un effort intense pour remettre l'étui sacré entre les mains du petit-fils d'un oncle maternel de la défunte. *« Monnaie de perles noires* "duu thewe" *dite aussi* "*vraie monnaie*" *ou encore* "*monnaie enfant*". *Sa longueur, exceptionnelle, est celle d'un homme debout. »* Il tourna la page. Quatre paires d'yeux le fixaient dans la pliure centrale du cahier où brillaient les ergots des agrafes. *« Trophée guerrier océanien composé d'un crâne surmodelé au moyen de terre argileuse. Vraisemblablement fracassé à coups de massue. Le crâne, réceptacle de l'esprit, de la pensée, du courage, a été récupéré par le vainqueur pour s'approprier les vertus de son adversaire. »* Le rédacteur des notules précisait l'origine des quatre ossements humains, Papouasie-Nouvelle-Guinée, Vanuatu, Nouvelle-Calédonie, îles Salomon, et datait les assemblages artistiques de la seconde moitié du XIXe siècle. Gocéné interrogea longuement les orbites habitées par des regards factices, rangea le catalogue dans sa pochette plastique, puis il attendit l'aube.

Le matin, il se contenta d'un grand bol d'eau chaude dans lequel infusait un sachet de thé au citron. Mais Isabelle insista pour qu'il avale un croissant et, devant son refus, finit par le glisser dans la poche du manteau quand il quitta l'appartement. Jimmy mit à profit la dizaine de minutes de marche qui les séparait de la station de métro Croix-de-Chavaux pour lui expliquer une nouvelle fois les indications portées au stylo sur une feuille de bristol.

— Le premier numéro, c'est mon téléphone au travail, le deuxième mon portable et le dernier celui de la maison. Si tu as besoin de n'importe quoi, tu t'arrêtes dans une cabine, tu introduis la carte que je t'ai donnée dans la fente de l'appareil et tu composes les numéros jusqu'à ce qu'il y en ait un qui réponde. D'accord ?

Gocéné approuva d'un mouvement de tête.

— Ensuite, je t'ai détaillé l'itinéraire pour aller jusqu'à Opéra et en revenir. Tu es sûr que tu ne préfères pas que je t'appelle un taxi ? Ce serait moins fatiguant...

— Non, je connais le métro, je l'ai pris plusieurs fois avec Badimoin...

Jimmy ne put réprimer un sourire.

— Ton dernier voyage en sous-sol date de

soixante-dix ans, grand-père ! Il n'y a plus de poinçonneurs, il faut mettre le ticket vert dans la machine pour que les portes s'ouvrent... Tu ne peux pas attendre la semaine prochaine pour tes visites ? Isabelle est en plein milieu de ses conseils de classe et moi, de mon côté, c'est la période la plus chargée de l'année... Lundi, je m'arrange, je me fais remplacer pour t'accompagner

Gocéné porta la pochette plastique renfermant la revue et les papiers jaunis à hauteur de son visage.

— C'est aujourd'hui que ça se passe, c'est marqué dans le livre... Sois tranquille, je sais ce que j'ai à faire.

Jimmy ne parvint à lire qu'un morceau du titre avant qu'il ne disparaisse dans la poche intérieure du manteau : *Gazette des...*

— De quoi tu parles ? Fais-moi voir, c'est quoi cette revue ?

— Je te raconterai tout ce soir, et si tu la veux, je t'en ferai cadeau.

Son ticket à la main, Gocéné descendit les escaliers au milieu d'une foule d'employés, de lycéens. Le rugissement de la rame dans le tunnel le saisit alors qu'il débouchait sur le quai. Il fut pris d'un bref moment de panique et c'est le flux des passagers qui lui fit franchir les portes vitrées du wagon. Le mouvement le porta jusque dans un recoin où deux banquettes se faisaient face sous des bannières promettant des vacances de rêve aux Caraïbes. Un homme hirsute encombré de paquets occupait seul celle de droite. Un adolescent au regard dissimulé par l'ombre portée de la visière de sa casquette, des fils sortant des oreilles, se leva pour offrir son siège à Gocéné. Ce qui avait changé, c'était la manière dont les gens étaient habillés, la violence de la lumière, les couleurs des publicités sur les murs, le rembourrage des fauteuils qu'on avait substitué au bois vernis, mais il lui suffisait de laisser tomber ses paupières, de ne juger le monde que par la rumeur qui lui en arrivait, pour retrouver contre son épaule l'épaule solidaire de Badimoin. Il sentit qu'à sa droite, on se dérobait et rouvrit les yeux sur le sourire gêné de la jeune femme sur laquelle, sans le chercher, il s'était appuyé. L'homme et sa multitude de sacs plastiques avaient disparu, remplacés par une aveugle qui caressait sur sa cuisse le museau et la truffe humide d'un labrador harnaché. À République, la voiture fut envahie par les odeurs de menthe, de légumes, de poisson, qui s'échappaient des cabas emplis aux étals du marché de surface et elles flottèrent dans l'espace clos jusqu'à Richelieu-Drouot. Les premières gouttes de pluie obscurcissaient les trottoirs quand, la main sur la rampe, il émergea à la hauteur de la chaussée. Il lut une à une les plaques émaillées du carrefour pour trouver la rue qui menait droit aux salles d'enchères, puis s'installa à la devanture d'un café devant un thé qu'il but en mangeant le croissant d'Isabelle. Des camions venaient se garer devant les façades d'aluminium et de verre, le temps que des dizaines de manutentionnaires les délestent de leur chargement de caisses et de meubles que l'œil exercé des habitués parvenait à identifier sous leurs couvertures de protection. Il sortit une dernière fois de sa pochette plastique *La Gazette des Antiquités,* une revue trimestrielle que des randonneurs lancés dans une traversée des hauts massifs de Calédonie avaient laissée derrière eux, un mois plus tôt, lors de leur halte dans la case-gîte de Tendo. L'un des marcheurs, qui se disait brocanteur et profitait des étapes pour mettre la main sur les vieilleries des indigènes, avait entrepris le plus ancien de ses hôtes en lui montrant les reproductions du catalogue. Gocéné, découvrant les crânes imprimés, avait promis de le conduire vers de pareils trésors avant de disparaître avec la gazette.

Il se perdit dans des salons où l'on vendait des cartons emplis d'illustrés ou des horloges, des planches pédagogiques pour prévenir la scoliose, ou des moules à cierge en noyer... Une hôtesse sensible à sa détresse finit par le conduire jusqu'à la salle réservée par l'étude Denouèlle qui dispersait la collection privée d'art et d'objets océaniens désignée sous le nom de « Collecte des Messageries Maritimes ». Une cinquantaine de personnes occupaient les fauteuils rouges disposés devant l'estrade sur laquelle le commissaire-priseur décrivait les lots que deux hommes en blouse grise allaient prendre derrière une tenture, pour les présenter au public.

— Nous avons ici une sculpture à planter en bois de niaouli collectée vers 1850 dans la région de Kouaoua, en Nouvelle-Calédonie. Au-dessus de l'outil proprement dit est représenté un guerrier nu au sexe apparent. Cet objet d'une facture assez commune ne figurerait pas dans notre catalogue s'il n'était l'exacte réplique de l'un des deux « bois nègres » acquis par Pablo Picasso en 1907, et que l'on peut voir sur la photo prise l'année suivante au Bateau-Lavoir par Gelett Burgess. Sur cet agrandissement d'un détail du *Portrait de Daniel-Henri Kahnweiller* peint en 1910, vous pouvez constater que la partie supérieure de la statuette, très reconnaissable à sa coiffe striée, figure à gauche du visage du marchand... L'expertise a permis d'établir que la sculpture que nous vous présentons est issue des mêmes mains que sa jumelle qui a inspiré l'illustre peintre et que chacun peut admirer au musée Picasso. La mise à prix est fixée à 15 000 euros...

Le temps que Gocéné franchisse les dix mètres qui le séparaient d'un employé de l'étude, et le plantoir s'était apprécié du tiers de la valeur de base.

— Je crois que je suis arrivé en retard... Vous pouvez me dire si ces objets ont déjà été vendus ?

L'homme jeta un rapide coup d'œil sur les photos soulignées par le doigt.

— Pas encore, monsieur, rassurez-vous. Maître Denouèlle a le sens du spectacle : les crânes ne seront apportés qu'en dernier. Beaucoup d'amateurs se sont spécialement déplacés pour eux. C'est peut-être votre cas...

— Oui, j'ai fait un grand voyage pour les voir.

Une série de six masques en bois enduit de noir, décorés de fibres, d'écorce de liane, de plumes de notou et de cheveux humains, fut acquise par préemption au profit du musée territorial de Nouvelle-Calédonie pour une somme que l'institution ne souhaitait pas rendre publique. L'heure suivante vit défiler toute une variété de chambranles, ces bas-reliefs disposés de part et d'autre de l'entrée des cases. Chacune de ces pièces de bois, incurvées afin d'être arrimées à la paroi circulaire de la construction, était gravée d'un visage humain, celui de l'ancêtre mort, et de tracés géométriques qui déterminaient l'origine tribale de la pièce. Il ne fallut qu'une poignée de minutes au marteau du commissaire-priseur pour séparer à jamais les effigies, déjà arrachées aux lieux qu'elles devaient protéger pour l'éternité. Chambranle de l'île des Pins, chambranle de Boulouparis, chambranle de Pouebo, chambranle de Kala-Gomen, chambranle de Chepenehe... Gocéné vivait la vente comme un écartèlement. Comment leur expliquer que le disparu, étant donné l'état de délabrement de ses chairs, la paralysie de son sang, l'effacement de ses traits, ne pouvait plus paraître devant les siens, et que la sculpture venait à son secours depuis la forêt même où il était maintenant relégué. Gocéné avait besoin de sortir, d'asperger son visage d'eau fraîche. Il se leva. L'annonce des derniers lots le figea sur place. Les deux assistants, serrés dans leur blouse grise, contournaient l'estrade en poussant une sorte de caisson à roulettes recouvert d'une housse rouge sombre. Quand il fut placé en longueur devant l'assemblée des acheteurs, ils firent glisser le tissu vers l'arrière avec des gestes de prestidigitateurs. On avait réduit l'intensité des plafonniers pour concentrer la lumière de deux projecteurs sur la vitrine. Le murmure qui parcourait la salle s'amplifia, ponctué d'exclamations, de cris aussitôt réprimés. Puis le silence s'installa, rang après rang, à mesure que les regards d'aujourd'hui plongeaient dans ceux qui avaient connu un autre siècle. Maître Denouèlle en retrait, dans l'ombre, savoura ce moment de fascination avant de se décider à frapper quelques coups amortis sur son pupitre.

— Je dois vous avouer que je partage votre émotion. Il est rare, exceptionnel même, que des trophées guerriers océaniens de cette qualité soient proposés sur le marché de l'art. Dans un premier temps, cette collecte avait été portée au crédit de l'expédition qu'organisa le navigateur Jules Dumont d'Urville tout au long des années 1838 et 1839 vers la Patagonie puis les îles Salomon et l'actuelle Papouasie-Nouvelle-Guinée à bord de *L'Astrolabe* et de *La Zélée.* Une étude historique précise n'a pas permis de retrouver la trace de ces crânes dans l'inventaire des effets débarqués de ces deux navires après qu'ils eurent touché le port de Toulon. Rien non plus dans les divers catalogues des expositions de Toulon et de Paris. Il ne peut s'agir d'un oubli : le *« Rapport sur les résultats scientifiques du voyage de circum-navigation de* L'Astrolabe *et de* La Zélée. *Partie anthropologique »*, publié par l'Académie des sciences sous la direction d'Étienne Serres, en 1841, n'en fait pas mention. Ces boîtes crâniennes rehaussées de sculptures sont parvenues jusqu'à nous grâce à un missionnaire établi à Pouebo, de 1875 à 1902, le révérend père Jacquemard qui les a cédées à deux marchands toulousains, les frères Grichemin. Le religieux les a obtenues auprès de soldats, de marins, ou il les a achetées à des chefs vaincus. Nous allons commencer par le lot 84b. Il s'agit d'une tête de guerrier canaque recouverte de peintures polychromes et surmontée d'une coiffure en argile incrustée de nacre. Les yeux sont de jade. La barbe est constituée de tresses de cheveux humains mélangés à des fibres végétales de bourao. La mise à prix est fixée à 30 000 euros...

Gocéné longea les murs du salon toujours plongé dans la pénombre, écarta les deux pans d'une tenture pour se retrouver dans la réserve où des commissionnaires préparaient les documents destinés aux acquéreurs du jour. Il semblait qu'on le prît pour l'un d'eux : les regards qu'on lui adressait étaient dépourvus d'hostilité et même d'interrogation. Il attendit là que soient adjugées les dépouilles des guerriers de l'île Salomon, du Vanuatu et de Papouasie Nouvelle-Guinée pour s'approcher de la vitrine mobile ramenée par les aides du commissaire-priseur. D'anciennes paroles de deuil lui vinrent aux lèvres devant ces orbites affligées pour l'éternité des reflets glacés d'une pierre :

Ses deux yeux se sont fermés
Ses épaules affaissées

Il s'est enfui à jamais dans la forêt
Compagnon des génies et des ancêtres...

Ils étaient nés pour vivre avec les vivants, et ils étaient morts pour aller vivre parmi les morts. Personne n'avait le droit de disposer ainsi de leur tête sinon celui qui avait rassemblé assez de courage pour planter son arme dans leur cœur. Une voix, derrière lui, le fit sursauter.

— Vous cherchez quelque chose ? Vous avez besoin d'un renseignement complémentaire ?

Son interlocuteur avait une cinquantaine d'années. Vêtu avec élégance, il était demeuré près du pupitre de maître Denouèlle tout le temps qu'avait duré la vente, lui passant les descriptifs des objets, glissant une précision à son oreille pour répondre aux questions venues du public.

— Oui, si c'est possible... Il a été dit, je l'ai entendu, que le corps du Kanak est passé entre les mains des frères Grichemin...

— Je vous le confirme sans l'ombre d'un doute. La pièce leur a été vendue par le missionnaire Jacquemard, et ma certitude est basée sur l'existence d'une facture authentique appartenant au fonds du muséum de Toulouse. Ce point d'histoire est d'ailleurs confirmé par l'ouvrage de référence de Laroche réalisé pour le musée de l'Homme. Vous vous intéressez particulièrement à cette pièce ?

Gocéné se déplaça sur le côté afin de permettre à un manutentionnaire d'ouvrir la vitrine et de placer les trophées dans de petites caisses individuelles capitonnées.

— Je ne sais pas ce que ça veut dire « s'intéresser ». Je suis avec eux, je leur tiens compagnie. Le Kanak, vous savez quand il est mort et quand le prêtre s'en est séparé ?

L'expert plongea les mains dans ses poches de veste pour en sortir de nombreuses fiches bristol recouvertes d'une écriture minuscule. Il les fit glisser entre ses doigts avec la dextérité d'un joueur de cartes professionnel.

— La seule chose qui nous manque, à vrai dire, c'est l'état civil du guerrier ! La technique de tissage utilisée pour la barbe se rapproche du style de Canala, ce qui est confirmé par la taille des pierres et les quelques éléments de sculpture visibles sur la pièce de bois qui sert de socle. S'il ne vivait pas dans ce secteur de la côte orientale de l'île, c'est là, en tout cas, qu'il a été tué. En ce qui concerne la date, on peut fixer une période qui débuterait vers 1850 et dont le terme est, nécessairement, indiqué par la facture émise à Nouméa par le père Jacquemard, soit le 15 avril 1875.

Il releva son visage vers celui, soudain soucieux, de Gocéné.

— Vous avez l'air déçu...

— Non, pourquoi voulez-vous que je sois déçu ? Les choses sont ainsi et je les accepte. On m'avait dit que les frères Grichemin devaient leur fortune aux razzias organisées en Kanaky après les massacres de 1878... Je pensais que c'était un de leurs prisonniers.

La réponse déstabilisa l'adjoint de Denouèlle. Il observa le vieil homme et s'éloigna vers le salon presque désert en répétant une même date à plusieurs reprises.

— 15 avril 1875... 15 avril 1875...

Gocéné le suivit à distance pour aller récupérer le manteau de Jimmy laissé sur le dossier d'un fauteuil. Dehors, on se pressait vers les brasseries de la rue La Fayette ou du boulevard des Italiens. Il se mit à marcher vers le métro, pris dans un groupe de touristes. Il s'apprêtait à traverser un carrefour quand un passant se porta à sa hauteur.

— Excusez-moi monsieur... Je vous suis depuis tout à l'heure et je n'osais pas vous aborder. Je travaille à la salle des ventes comme documentaliste... Je peux vous inviter à boire quelque chose ?

Ils attendirent qu'une table du bar-tabac se libère pour s'installer devant un café et un thé. Le jeune homme, qui se prénommait Yann, n'appartenait pas à l'étude Denouèlle mais à un service commun chargé de réunir les photos, croquis, gravures, reproductions, nécessaires à la confection des catalogues.

— J'ai fait les Beaux-Arts et l'école du Louvre... Jamais un professeur ne nous a parlé de la provenance des trésors de nos musées alors que le plus célèbre d'entre eux, *La Joconde,* est une prise de guerre... C'est à cela que je pensais lorsque j'ai surpris votre conversation avec Pigorino. Quand il a compris la tournure que ça prenait, il a préféré tourner les talons...

— Je n'étais pourtant pas agressif. Je me suis retenu. J'avais envie de lui lancer : Que diriez-vous si on vendait à Nouméa, un crâne de missionnaire et les fémurs croisés d'un très Haut-Commissaire ?

— Vous auriez dû... Dans le métier, ils se donnent bonne conscience en ne parlant que de « sculptures », de « trophées », « d'art traditionnel ». Le supplément d'âme masque l'obscénité du squelette. Ne me répondez pas si vous trouvez ma question indiscrète, mais vous venez d'où, exactement ?

Yann cessa de touiller son café et essuya la cuillère entre ses lèvres.

— Le chemin a été très long, plus long encore que les rides que je porte sur le visage... Raconter ma vie prendrait autant de temps que j'ai mis à la vivre.

— Je vous demande seulement d'où vous venez...

Gocéné remua la tête en souriant.

— C'est le parcours qui intéresse les gens... Si je vous dis que j'habite Tendo, un village kanak de la province Nord tellement perdu dans la chaîne de montagnes que les ondes de la radio et de la télévision ne parviennent même pas à l'atteindre, vous voudrez immédiatement savoir ce que je faisais ce matin à vingt mille kilomètres de chez moi, dans une vente aux enchères d'objets océaniens... Vrai ou faux, hein?

L'index tendu contre l'anse, le jeune homme fit plusieurs fois tourner sa tasse sur la soucoupe.

— Touché... Pigorino est reconnu comme l'un des meilleurs spécialistes des collections précolombiennes. L'Océanie n'est pas de sa compétence. Ses fiches ont été rédigées, pour l'essentiel, à partir des documents que j'ai amassés ces derniers mois. Je ne crois pas m'avancer en affirmant qu'il n'avait jamais entendu parler de ces marchands toulousains, les frères Grichemin... Vous avez l'air d'en savoir plus que lui sur le sujet, c'est-à-dire plus que moi...

Gocéné avança sa chaise par à-coups pour dégager le passage et permettre à un couple d'accéder à une banquette en coin.

— Je suis venu en France il y a très longtemps, et il s'est produit là un événement qui a bouleversé mon existence de fond en comble. Mon meilleur ami, plus qu'un frère, a été tué, on a enlevé celle qui devait devenir ma femme, j'ai failli perdre la vie et l'honneur pour le simple fait d'être né Kanak. Depuis, je n'ai pas connu la moindre seconde de repos. Je me suis usé les poings à essayer de rendre la violence qu'on m'avait faite, les coups qu'on m'avait portés, jusqu'au moment où j'ai voulu comprendre. J'ai écouté les anciens qui écrivent notre histoire avec leur salive transparente, je me suis plongé dans les livres des Blancs qui ont besoin du noir de l'encre pour consolider leur parole... De temps en temps, je grimpai dans le camion rempli de noix de coco de Wathiock, un ami que j'ai rencontré sur les barrages au moment de la grande révolte. Il me déposait devant la bibliothèque Bernheim, à Nouméa. J'y ai lu tous les ouvrages du rayon « Histoire de la Nouvelle-Calédonie », les contes, les légendes, les traités de géographie, les enquêtes sociologiques, et après j'ai remué des tonnes de papiers conservés dans les réserves... C'est comme ça que je suis tombé sur la trace des Toulousains...

Gocéné se retourna pour prendre la pochette plastique dans son manteau. Il préleva les feuilles jaunies et les déplia avec précaution après avoir repoussé les tasses vides.

— J'ai découvert cette lettre un matin, dans un livre que j'avais parcouru, *Les Colonies françaises, leur utilité pour la métropole,* de Louis Vignon — j'ai noté le titre au crayon ici, dans la marge, pour m'en souvenir, il date du début des années 1880. Les feuillets étaient coincés par une sorte de rabat cartonné, dans la reliure. Si vous voulez les lire...

Yann inclina légèrement le manuscrit vers lui et souleva ses lunettes tout en approchant son visage de l'écriture bleu pâle au tracé nerveux.

Bourail, le 6 mai 1879.

Mon très cher frère,

Le Commandant De Maussion dont je te vantais le courage dans ma précédente lettre que tu sembles ne pas avoir reçue à l'heure où j'écris ces lignes, se remet lentement des blessures infligées par les tribus sauvages dans la vallée de la Moéwara. Le Ciel a préservé notre allié le plus sûr. Depuis, le sang répandu a été remboursé au centuple. Les chefs Niauara de Moméa, Dionnet de Guaro, Daoui de Muéo, ont été faits prisonniers et fusillés. C'était à mon sens leur faire trop d'honneur : on dispose sur l'île Nou d'une guillotine dont Macé, le bourreau, fait un usage trop modéré. On a envoyé les hommes des vain-

cus dans les bagnes de l'île des Pins, de l'archipel de Belep et jusqu'à Tahiti. Les femmes appartiennent aux vainqueurs ainsi que la coutume locale l'exige. Je rends visite chaque semaine au Commandant De Maussion, pour l'avancement de nos affaires, et chaque rencontre lui donne l'occasion de rappeler les chasses au requin auxquelles, lors de ton sejour, tu le conviais au-delà de la barrière de corail. Je n'ai hélas ni le goût ni le physique pour ces réjouissances. Si tu trouves le temps d'entretenir cette amitié sincère par une correspondance, je pense que ce ne sera pas inutile. Des indiscrétions venues de l'entourage immédiat du Gouverneur autorisent l'espoir que l'état de siège sera bientôt levé. Je n'ose trop me réjouir des résultats de cette campagne menée par des soldats aussi déterminés que le Commandant Rivière ou ses lieutenants Maréchal et Vanauld. Les assassinats des nôtres atteignent aujourd'hui le chiffre de deux cents, et j'ai encore trop présent au souvenir le regard franc du Colonel Galli-Passebosc, lâchement abattu dans une embuscade aux Montagnes-Rouges, et l'accueil simple et chaleureux du colon Brière écartelé, brûlé et mangé par les guerriers Moindous en août dernier, pour faire passer le contentement du commerce avant le respect dû aux morts. Au retour de ton expédition de 1876, tu te plaignais amèrement du refus qu'opposaient les chefs de tribus à tes offres. Les exactions canaques ont eu cet avantage qu'elles nous ont permis de nous passer de leur autorisation. Cher frère, les liens qu'ici tu avais tissés avec l'administration ont montré leur solidité au cours de ces mois de tempête. J'ai pu disposer d'un correspondant de la maison Grichemin sur chacun des théâtres d'opération. C'était le plus souvent un soldat auquel je faisais tenir un complément de solde, mais j'ai pu disposer de l'aide d'un chef rallié à la cause française, de plusieurs prêtres, d'un ancien insurgé de la Commune (il faudra que je t'en fasse le récit par le menu), d'un ingénieur des hauts fourneaux de la Pointe-Chaleix où l'on traite le nickel, et surtout de celle d'un homme exceptionnel, Lécart, le directeur du Centre pénitencier agricole de la Fonwhary. Je me rends dès demain sur la rade de Nouméa d'où appareillera le Ville de Thouars *dont le capitaine sera notre messager jusqu'à Bordeaux. Deux mille cinq cent trente-sept pièces d'artisanat canaque gonfleront ses cales pour notre plus grand bien, et je puis te confier que la récolte n'aurait été que de moitié sans le travail énergique de monsieur Lécart. Voisin de ce bandit d'Ataï par lequel sont venus tant de malheurs, il n'a pas hésité à se dresser sur son chemin et cela deux mois avant l'extermination de la famille Chêne, à la station Dèzarnaulds, qui a marqué le début de la révolte. Dans leur rage légitime de punir les massacreurs, des colonnes de marins ont infligé des pertes irréparables à ce que cette terre porte de plus attrayant. Lancé dix fois à leurs trousses, je n'ai pu assister qu'à la fin de la razzia, aux incendies des paillotes, aux égorgements. Pas une fois il ne m'a été possible de sauver les flèches faîtières, les bas-reliefs des chambranles, les masques, les cercueils, les haches, les tabous, les sagaies à figure, les outils en jade, les couteaux à lame de nacre, dont l'Europe raffole. Lécart, qui emploie habituellement ses bagnards à l'exploitation d'une forêt de bois précieux, en a distrait quelques-uns au bûcheronnage pour leur apprendre à dresser l'inventaire des cases. Ces hommes de relégation n'hésitent pas à fouiller les nécropoles canaques et tu trouveras quatre caisses marquées "Canala" de la taille d'un carton à chapeau, qui contiennent les plus beaux spécimens de crânes travaillés en masques qu'il m'a été donné de contempler. L'une des boîtes crâniennes est rehaussée de peintures et on lui a adjoint une sorte de toque gravée sertie de nacre et son esprit vous fixe de ses yeux de jade. Elle pourrait intéresser ce bon Édouard Bonie qui avec ses trois frères s'est mis en tête de constituer un musée océanien en Aquitaine.*

Yann suspendit sa lecture à quelques lignes de la signature de Grichemin.

— C'est la description exacte du lot 84b ! Je suis sûr, maintenant que c'est pour lui que vous êtes venu... Si cette lettre est authentique...

— Elle l'est...

— Cela veut dire que les documents du musée de l'Homme et des sociétés d'anthropologie sur lesquels je me suis appuyé pour rédiger mes notices, sont mensongers. Vous avez une explication ?

Gocéné rassembla les feuilles avant de les replier.

— Une hypothèse, au moins... Dans leur correspondance privée, les frères Grichemin peuvent se dire la vérité en toute bonne conscience. C'est autrement plus difficile d'aller démarcher des acheteurs éventuels en avouant l'origine de ces objets raflés par le gibier de potence qu'on déportait aux antipodes. Pourriez-vous écrire sur votre catalogue, avec l'aval de maître Denouèlle et de Pigorino : *« Crâne kanak provenant du viol d'une sépulture commis par un bagnard en rupture de ban, assassin de vieilles dames à Paris »*. Les enchères seraient moins généreuses. Je ne sais pas si le « révérend père Jacquemard », établi à Pouebo, a vraiment existé ou si c'est seulement une invention ou un prête-nom, une chose est certaine : le passage de ces reliques entre ses pieuses mains les a rendues propres à la consommation.

Il se leva en prenant appui sur le bord de la table et tendit la main à l'employé de la salle des ventes qui la retint un instant dans la sienne.

— Si vous avez besoin de quoi que ce soit dans vos recherches, vous savez où je travaille. Je suis à votre disposition.

Une fois dehors, Gocéné consulta la fiche bristol préparée par Jimmy. La chance lui souriait une nouvelle fois : sa prochaine étape, la station Porte Dorée, se situait en ligne directe depuis Richelieu-Drouot. Le quai était envahi par des dizaines de policiers qui agitaient des pancartes au-dessus de leurs casquettes. Une clameur s'éleva à l'arrivée de la rame saturée de bleu, on s'embrassait, on fraternisait, tous les commissariats mêlés, et le chœur des manifestants couvrit les cris de la ferraille métropolitaine jusqu'à République. Parvenu à destination, il fit une halte avant d'entreprendre l'ascension de l'escalier. Chaque marche franchie allégeait ses épaules du poids d'une année, et si l'effort affolait le cœur, c'est l'esprit du Gocéné de dix-sept ans qui émergea du trou creusé dans le trottoir du boulevard Daumesnil. Une nouvelle fois il était là, Badimoin à ses côtés, lancé à la recherche de Minoé dans cette jungle de béton et d'acier. Les arbres avaient poussé le long des Maréchaux, masquant les façades des Habitations à Bon Marché, le flot de la circulation s'était amplifié, les néons imposaient leur chaleur froide aux vitrines des magasins, mais il croyait reconnaître, dans la rumeur qui montait de la ville, les cris, les exclamations, les chants des visiteurs qui, par millions, venaient à l'Exposition Coloniale faire le tour du propriétaire. Il chercha des yeux les arcs de triomphe qui marquaient l'entrée dans l'Empire, plus loin le minaret de la mosquée de Djenné, les dômes surchargés du temple d'Angkor-Vat, les manèges forains et le train à vapeur, qui en moins d'une heure faisait une boucle autour de ce monde en réduction. Par bribes lui revenaient les paroles de l'hymne officiel de l'Exposition, entendu cent fois par jour, que diffusaient tous les hauts parleurs :

Nénufar,
T'as du r'tard
Mais t'es un p'tit rigolard
T'es nu comme un ver
Tu as le nez en l'air
Et les ch'veux en paille de fer...

Gocéné se joignit à des passants pour traverser, en direction de l'esplanade où trônait la statue dorée dédiée à la *France colonisatrice.* Un square avait remplacé les bosquets dans lesquels ils s'étaient cachés après leur évasion du zoo. Il s'adossa un instant à un poteau de fonte ouvragé qui supportait une plaque où on pouvait lire « Rue du Général Laperrine, 1860-1920, pacificateur du Sahara », puis il contourna l'architecture livide de l'ancien musée de la France d'Outremer. Le pavillon de l'administration était toujours debout mais la volière peuplée d'oiseaux du Pacifique avait disparu. Il ferma les yeux quand une silhouette passa furtivement derrière la fenêtre qui les avait vus s'enfuir après leur altercation avec le directeur, et les mots de Badimoin affluèrent à sa mémoire.

« Quand nous sommes partis de Nouméa, on nous a promis que pendant notre séjour à Paris nous resterions toujours ensemble. Que nous serions libres de nos mouvements... Au lieu de ça, nous sommes restés dans le froid, sans vêtements, avec juste un bout de manou autour des hanches. On nous a mis derrière des grilles, comme des bêtes sauvages entre la fosse aux lions et le marigot des crocodiles... Tout le monde nous présente comme des cannibales, les enfants nous jettent des cacahuètes, on prétend que nous vivons avec plusieurs femmes alors que nous sommes tous de fervents catholiques... »

Il rouvrit les yeux sur l'étendue grise de graviers où, les reins brisés par une balle, la vie de

Badimoin s'était disloquée. Les images se dévoilaient tandis qu'il marchait vers la pelouse de Reuilly, comme les lambeaux épars d'une épave remontent à la surface après un naufrage. Un photographe au crâne luisant monté sur un escabeau, les joues d'une fillette maquillées à la barbe à papa, des danseuses laotiennes, un défilé de chameaux caparaçonnés, des képis en cercle, le frôlement rêche des pèlerines... C'est là, à la place de la bretelle d'accès au périphérique, qu'une femme se tenait juchée sur les poubelles débordant des immondices produites par l'Exposition et déclamait un texte qu'on cherchait à lui arracher des mains. Il avait été frappé par le fait qu'une Blanche apostrophe une foule hostile en lui jetant au visage : *« Vous tous qui dites "hommes de couleur" seriez-vous donc des hommes sans couleur ? »* Au cours de ses recherches dans les réserves de la bibliothèque Bernheim, Gocéné était tombé sur l'original du texte en lisant *L'Exposition coloniale,* un gros roman d'Érik Orsenna qui avait valu le Prix Goncourt à son auteur en 1988. Il avait compris à cet instant, en parcourant la page 352, que l'inconnue lisait en fait le tract rédigé par les surréalistes sous le titre : *« Ne visitez pas l'Exposition coloniale »*. La phrase de conclusion, *« Aux discours et aux exécutions capitales, répondez en exigeant l'évacuation immédiate des colonies et la mise en accusation des généraux et des fonctionnaires responsables des massacres d'Annam, du Liban, du Maroc et de l'Afrique centrale »*, précédait les signatures d'André Breton, Paul Éluard, Benjamin Péret, Georges Sadoul, Pierre Unik, André Thirion, René Crevel, Aragon, René Char, Maxime Alexandre, Yves Tanguy et Georges Malkine. Il s'était plongé dans les œuvres de plusieurs des poètes, présentes sur les rayonnages de la bibliothèque, avec une préférence pour celles de Paul Éluard. Jusqu'à ce jour récent où un petit neveu de Minoé devenu bibliothécaire à Nouméa, lui avait fait parvenir la photocopie d'un article illustré par la reproduction d'un crâne de la tribu gabonaise des Kota dont la calotte était plaquée d'une feuille de cuivre à oxydation verte. La légende indiquait que le surmodelage formait un diadème incrusté de deux rangs de cauris, de petits coquillages et de graines. L'ultime précision avait trait aux derniers propriétaires de la sculpture humaine : le collectionneur René Gaffé l'avait acquise en 1930 auprès de Paul Éluard qui avait l'habitude d'emmener la boîte crânienne au cours de ses voyages, dissimulée dans un carton à chapeau.

Pour le retour vers Montreuil, la fiche de Jimmy lui conseillait de prendre le bus de Petite-Ceinture jusqu'à la porte puis d'emprunter le métro pour le reste du trajet. Il préféra suivre à pied le tracé des Maréchaux en plaçant ses pas dans les pas d'hier. De part et d'autre du boulevard, les immeubles se dressaient, alignés à l'infini comme les parois d'un canyon, et il ne restait rien de la ville de planches et de tôles de ses souvenirs, de ces cabanes posées de guingois sur les renflements de terre, près des fortifications, de l'herbe haute des terrains vagues où pâturaient quelques chevaux. La fumée bleutée des pots d'échappement avait remplacé les nuages gris et noirs qui naissaient des multitudes de cheminées de la zone et des immenses totems de brique qui hachuraient l'horizon comme les barreaux d'une prison. Une gamine africaine toute en jambes, une jupe de cuir de la largeur de deux ceintures sur les hanches, se hissa sur le coffre arrière d'une voiture en stationnement, les talons de ses chaussures posés sur le pare-chocs. Un miroir de poche ouvert dans le creux d'une main, elle se redessinait une bouche lilas de l'autre. Le triangle blanc de sa culotte affolait les conducteurs, et leurs écarts, leurs brusques ralentissements, faisaient rire aux éclats deux autres filles du même âge postées en retrait, près de l'abri d'autobus Nouvelle-Calédonie. L'une d'elles s'approcha de lui, une cigarette aux lèvres, et lui demanda du feu sans prendre le temps de le regarder. Gocéné songea que cela faisait de très longues années qu'il était éteint, mais il se contenta de répondre qu'il ne fumait plus.

Il reconnut la voix de Karine au milieu des grésillements qui sortaient de l'amplificateur situé sous les touches du digicode. Il prit l'ascenseur, reniflé de près par le molosse soupçonneux d'un voisin indifférent. En entrant dans le couloir étroit, il remarqua le tabouret sur lequel elle s'était hissée pour vérifier à l'œilleton que c'était bien lui, le grand-père, qui se tenait derrière la porte. La fillette s'installa sur le canapé de la salle de séjour et réduisit le son de la télévision à l'aide de la télécommande.

— Papa et maman sont partis faire les courses, ils vont bientôt revenir... Je les ai entendus plusieurs fois qui parlaient de toi, de ce qui t'était arrivé. En ce moment, à l'école, on apprend les Romains. Eux aussi, ils jetaient les gens avec les bêtes féroces.

— Ce n'est pas tout à fait la même chose. Je ne me battais pas contre les lions, ni contre les crocodiles... On avait chacun notre espace...

— C'est pas normal quand même. On ne met pas les gens avec les bêtes. L'année dernière, on a fait une sortie avec la maîtresse, au zoo de Vincennes, à la place des leçons de géographie. J'avais bien aimé, sauf qu'aujourd'hui, c'est plus pareil : si on me redemande, je dirai que je ne peux pas y aller.

Il aida Jimmy à préparer le « poulet-marmite » pendant qu'Isabelle faisait réciter ses leçons à la gamine.

— Le plus dur à trouver, à part les poissons de chez nous, c'est les feuilles de bananiers, les feuilles de patate douce... Pour tout le reste, les taros, le fruit à pain, les bananes-poingo, on a le choix chez les Africains et les Antillais. Des fois on prend des bananes plantain ou des feuilles de laplap à la mode vanuataise...

Gocéné évita toute la soirée de parler de ses recherches de la journée, et s'assit après le repas sur le bord du grand lit pour conduire Karine aux portes du sommeil.

À attendre la mer au bas des sables
On voit venir de loin les bords du monde...
[...]
L'homme en mer n'a plus de pieds
Il tend son regard au ciel pour être droit
Loin là-bas une ligne blanche
*Peut-être la mer au repos sur une plage**.

Il sortit de la chambre comme on revient d'un voyage et reprit en silence sa place autour de la table que l'enseigne baignait de mauve. Jimmy osa une question en versant l'eau du dernier thé.

* *Le Sens des marées,* Nicolas Kurtovitch.

— Mes indications étaient bonnes ? Tu as fait ce que tu voulais aujourd'hui ?

— Avec tes mots, tu étais avec moi, ils me tenaient par la main. J'ai passé une grande partie de la journée à Richelieu-Drouot dans une salle de vente aux enchères où on proposait aux acheteurs des objets océaniens volés en Kanaky et dans les autres pays du Fer de Lance. Presque tout a été emporté par des gens que je n'ai pas vus. Ils étaient représentés par des hommes d'affaires et on ne savait que le nom de la ville d'où ils appelaient : New York, Tokyo, Saint-Pétersbourg...

Isabelle lui tendit la coupelle remplie de sucre blanc et roux.

— Et vous, vous étiez acheteur ou vendeur ?

— Ni l'un ni l'autre : observateur. Des marcheurs européens de passage à Tendo ont laissé derrière eux un journal sur lequel il était écrit qu'on vendait des têtes kanak à Paris aujourd'hui, hein. Je ne voulais pas croire que c'était vrai, parce que sinon ça voulait dire que rien n'avait changé depuis l'enlèvement de Minoé. C'est pour cette raison que j'ai traversé le monde, pour le voir de mes propres yeux, l'entendre de mes propres oreilles ! À la seconde exacte où ils ont apporté la vitrine sur roulettes avec les dépouilles de quatre de nos ancêtres alignés à l'intérieur, je suis retourné au zoo, j'ai senti le froid des barreaux dans mes mains serrées, j'ai frissonné aux rugissements des fauves. Les morts, ce n'est pas ce qu'ils ont voulu. Leur seul désir, c'était de dormir éternellement en paix, pas d'être dispersés aux quatre coins du monde. Si j'avais été plus jeune, je me serais levé pour les forcer à remettre l'étoffe sur la vitre, interdire à tous ces inconnus de contempler la nudité de leur mort, j'aurais tout bousculé...

Jimmy ne trouva pas la force de le regarder en face.

— Pourquoi tu ne m'en as pas parlé ce matin grand-père... Je me serais arrangé pour aller avec toi... Il y a toujours moyen de se débrouiller...

— C'est l'histoire de mes parents, de mes grands-parents, Jimmy... Ils n'ont pas eu assez de temps pour remettre les choses à leur place avant de partir, ils le voulaient pourtant, et c'est maintenant sur mes épaules que ça pèse. Pas sur les tiennes. J'ai confiance en toi, je sais que tu continueras mon chemin quand le vent aura effacé mes pas.

Il y eut de nouveau un long silence qu'Isabelle se décida à interrompre.

— Elles datent de quand, ces têtes humaines ?

— Selon les factures, le crâne de Canala mis en vente ce matin a été fourni à des marchands toulousains, les frères Grichemin, en 1875. Le pire, c'est qu'ils l'ont acheté à un missionnaire... À l'époque, ça faisait tout juste cinquante ans que les Kanak avaient découvert leurs premiers Blancs. Au début, en les voyant débarquer de leurs navires, ils ont cru assister au grand retour des ancêtres... Quand un Noir meurt, que son corps pourrit au creux de son cercueil posé sur les racines aériennes des banians, il y a un moment où il change de couleur, son squelette devient blanc comme le jour qui l'a vu naître. Alors ces hommes couleur d'os qui foulaient le sable de nos plages ne pouvaient être que la réapparition de tous les Kanak morts depuis la nuit des temps. Ils les ont accueillis comme on le fait pour des dieux, ils leur ont offert ce qu'ils avaient de plus précieux. En échange, ils ont reçu le plomb des fusils sans comprendre les raisons de la colère des ancêtres. On dit qu'il a coulé tellement de sang, de Poum à Yate, de Poebo à Païta, que les champs, les chemins, ont pris la couleur écarlate de la latérite. La Grande-Terre n'a jamais produit autant de cadavres qu'au cours de ces années-là, et les Français ont pu faire d'abondantes récoltes de crânes.

Gocéné se leva lentement en se tenant les reins.

— J'ai trop marché, j'ai aussi beaucoup trop

parlé mes enfants... Il est temps que j'aille me reposer parce que demain va ressembler à aujourd'hui.

— Je peux t'accompagner, si tu veux, j'ai juste un coup de fil à passer...

Il posa la main sur l'épaule de Jimmy.

— C'est trop tôt. Je te dirai quand je serai prêt.

Il pleuvait, et ici comme partout lorsqu'il pleut, les passants marchaient en rentrant la tête dans les épaules. En milieu de matinée Gocéné, les cheveux protégés par une casquette rouge frappée des initiales d'une université américaine, s'engouffra dans la bouche du métro Croix-de-Chavaux. Au bout du quai, un colleur d'affiches remplaçait un panneau lacéré. Des lambeaux de papier durci gisaient à ses pieds. Les bras tendus, il imprimait de petites secousses au long manche flexible de son pinceau pour déplier, lamelle par lamelle, le port d'une île grecque qu'il venait de raccorder, au millimètre près, à sa plage de sable fin, sa colline couverte d'oliviers. Le vieil homme laissa passer deux rames pour contempler, le paysage dans sa totalité. La chance lui était favorable une nouvelle fois : le lieu où il se rendait était situé à l'exact opposé, sur la même ligne. Aux Boulets-Montreuil, une jeune femme plongée dans la lecture d'un livre dont la couverture était recouverte d'un plastique sombre occultant le titre, vint s'asseoir près de lui sur la banquette, à la place d'un homme d'une cinquantaine d'années qui n'avait cessé de raconter au téléphone les derniers épisodes de sa vie. L'arrière de la tête calée sur le dossier, les paupières mi-closes, il se pencha doucement vers elle et tenta de surprendre quelques lignes imprimées, pour passer le temps. Les balancements du wagon faisaient danser les pages, et il ne grappilla que cinq ou six mots dans le tunnel, *« dynamite, graviers, réveils, songes, terreau... »* avant de parcourir le début d'une phrase à la station Voltaire : *« Brutes je vais crier je crie brutes fils de truies enculées par les prie-Dieu avortons de caleçons sales boues des chiottes... ».* Le nez écrasé contre la vitre de la voiture qui s'élançait, il essaya de capter son regard, voir quelles traces y laissaient de pareils écrits, alors qu'elle s'éloignait sur le quai de République pour prendre l'escalier mécanique.

La masse triangulaire, devant lui, partageait le ciel en deux. Il ne savait pas, en venant, qu'elle se trouvait là. C'était la seule excursion que les organisateurs de l'Exposition coloniale avaient mise à leur programme, la première semaine, probablement pour les apprivoiser, avant de les enfermer au zoo des mois entiers. Deux autobus à plate-forme, identiques à ceux qui bientôt emmèneraient Minoé vers une destination inconnue, s'étaient garés sur un promontoire près de la fosse aux ours. Ils y avaient pris place pour une traversée de Paris par des routes qui côtoyaient la Seine. L'usine d'air comprimé du quai de la Gare, les entrepôts frigorifiques, la Halle aux vins, les tours de Notre-Dame, la flèche de Sainte-Geneviève, l'Assemblée nationale, les canons des Invalides... tout avait défilé devant ses yeux, des lieux qu'il ne connaissait pas, et qu'il avait revus bien plus tard en photo sur des livres, des journaux, des cartes postales. Les sourires de Minoé, ses émerveillements, les tressaillements de sa main dans la sienne. Et au bout du voyage la tour Eiffel, là, en apothéose. Un jour à Nouméa, alors qu'il compulsait un vieux numéro de *L'Illustration* consacré aux monuments de Paris, il s'était laissé aller à évoquer ce moment de stupéfaction devant l'inconcevable. Le bibliothécaire lui avait demandé de le suivre dans le jardin qu'occupaient les gamins venus de l'école Griscelli, dans la vallée du Tir. Il avait pointé le doigt sur l'architecture de la bibliothèque.

— Regarde ce bâtiment, de quelle manière il est construit... Toute la structure est en ferraille, un véritable Meccano sur lequel on a simplement adossé des cloisons. L'ingénieur qui l'a dessinée, c'est Eiffel, le même que pour la tour...

Gocéné avait froncé les sourcils.

— Il est venu habiter en Kanaky ?

— Non. C'est la bibliothèque qui a fait le voyage en pièces détachées dans les soutes d'un bateau. Le bâtiment n'a pas été conçu pour ça, au début. C'était un des pavillons de l'Exposition universelle de Paris, en 1900, où une gloire locale, Lucien Bernheim, a reçu la médaille d'or de l'industrie pour ses mines de cobalt et de chrome de Népoui. En quittant le territoire, l'année suivante, il a fait un don de cent mille francs, une fortune à l'époque, qui devaient servir à la création de la bibliothèque, avec comme seule contrepartie qu'elle porte son nom.

— Il était très généreux...

Le conservateur avait haussé les épaules.

— C'était le prix à payer pour racheter son âme. Il n'avait pas laissé que de bons souvenirs dans les mines et chez les familles kanak de Canala...

Gocéné traversa la place du Trocadéro à la recherche de l'aile de Passy du palais de Chaillot. Un passant lui indiqua les banderoles et les panneaux recouverts de slogans accrochés sur la façade calcaire, à droite de la perspective qui découvrait la Tour.

— C'est ici. Mais si vous venez pour visiter le musée, j'ai l'impression que ça ne va pas être possible : ils ont l'air d'être encore en grève...

Au fur et à mesure qu'il s'en approchait, les revendications tracées en rouge et noir sur la toile de drap prenaient tout leur sens : *« Non au déménagement, non au démantèlement », « Les Arts Premiers sont toujours les derniers », « Dispersion = trahison », « Musée de l'Homme en colère »*... Des groupes d'employés, tracts à la main, expliquaient aux touristes la raison de leur mouvement, et tentaient de les gagner à leur cause pour qu'ils signent une pétition de soutien. Trois femmes vinrent à sa rencontre. Sa peau parcheminée, ses cheveux blancs qui s'échappaient de la casquette, ses épaules voûtées, la lassitude de l'âge, dressaient une barrière invisible avec ses interlocuteurs. Celles-là ne faisaient pas exception, elles le traitaient déjà comme un objet fragile, une pièce historique, parlant bas, s'inclinant, ralentissant leurs gestes. Il avait fini par s'habituer à cet excès de prévenance qui le vengeait de l'excès contraire, le mépris subi pendant l'adolescence. Mieux, il savait en jouer. Tandis que la plus jeune des trois l'abritait sous son parapluie, ses deux collègues se relayaient pour résumer les raisons du conflit. Au début de son septennat, le président de la République, féru « d'arts premiers », avait décidé de créer un musée des Arts et Civilisations, quai Branly, où seraient regroupées les collections du musée de l'Homme, certaines appartenant au Louvre, et l'ensemble des acquisitions du musée des Arts africains et océaniens de la porte Dorée. Trois cent mille pièces du fonds ethnologique de la place du Trocadéro étaient en cours de déménagement alors que leur nouveau lieu d'accueil ne devait ouvrir ses portes au public, selon les prévisions les plus optimistes, que quatre années plus tard.

— Nous n'avons aucune garantie sur le devenir du travail effectué ici depuis 1878, d'autant que le directeur nommé par la présidence de la République n'est pas un scientifique mais un « collectionneur », un marchand... Il ne s'est pas étonné de voir arriver dans son inventaire des terres cuites de la civilisation nigériane nok qui proviennent nécessairement d'un circuit de contrebande. On veut un musée, pas un supermarché...

Gocéné prit le stylo qu'on lui tendait et inscrivit son nom sous une dizaine d'autres patronymes français, japonais ou anglais. Dans la case « domicile », il traça les mots *« tribu de Tendo, province Nord, Kanaky »* qui ne firent que renforcer la sympathie et susciter la curiosité des grévistes à son égard.

— Vous habitez vraiment là-bas ?

— Bien sûr, sinon je ne l'aurais pas écrit... Je peux aller visiter le musée maintenant ?

Elles se regardèrent et la fille au parapluie se dévoua.

— Ce n'est pas parce qu'on signe qu'on peut entrer... Il n'y a pas eu un seul visiteur depuis plus de sept semaines. Je suis vraiment désolée...

— J'ai fait vingt mille kilomètres pour arriver devant cette porte, et je n'ai pas le droit de la franchir, c'est bien ça ? Vous vous rendez compte de ce que vous me dites ? De repartir les yeux vides, pour faire l'autre moitié du tour de la terre !

La plus âgée des trois, qui tenait sous son bras la feuille de pétition retenue par deux élastiques sur une planchette de bois, prit le relais en se forçant à rire.

— Vous ne voulez quand même pas nous faire croire que vous êtes venu de Nouvelle-Calédonie uniquement pour visiter le musée de l'Homme...

Gocéné releva la visière de sa casquette américaine pour la regarder bien en face.

— Je ne cherche pas à vous le faire croire, madame : c'est tout simplement la vérité. À quoi cela me servirait-il de vous raconter des histoires ? J'aurai bientôt quatre-vingt-dix ans. C'est la deuxième fois que je viens en France, et je ne pense pas qu'il y en aura une troisième. La précédente, c'était en 1931, et j'aurais aimé que vos grands-parents fassent grève, eux aussi, et m'interdisent de rentrer dans les cages du zoo de

Vincennes où on nous exhibait, moi et mes semblables, pour l'Exposition coloniale. Tout à l'heure, l'une d'entre vous m'a dit que le travail qui est accompli ici depuis 1878 est menacé...

Il s'aperçut qu'elle avait été touchée même si dans sa réponse elle s'en tint à son rôle d'employée en révolte.

— C'est la réalité... Notre établissement a vu le jour en 1878 sous le nom de Musée ethnographique du Trocadéro avant de se transformer en musée de l'Homme à partir de 1937. À cause de cette réforme mal engagée, c'est plus d'un siècle d'expérience qui risque d'être mis à mal...

— Je ne mets pas en doute vos arguments... Ce qui m'a frappé, c'est la date : 1878... Le but de mon voyage, c'est justement de comprendre ce qui s'est passé chez moi, en Kanaky, cette année-là, et une partie des explications se trouve dans les réserves et les vitrines de ce bâtiment.

La jeune fille au parapluie semblait soucieuse depuis quelques instants.

— Pardon monsieur... Je n'ai pas bien compris ce que vous avez dit juste avant... On vous a exposé au zoo, avec les animaux sauvages, c'est bien ça ?

Gocéné prit le temps de raconter son histoire, les promesses faites aux chefs de villages avant le grand départ, les deux Kanak albinos qu'on exposait comme « nègres blancs » et dont l'un ne revit jamais sa terre, l'humiliation des femmes dénudées, la sélection quand la moitié du cheptel océanien fut échangée contre les sauriens d'un zoo allemand en manque de spécimens humains, la séparation d'avec Minoé, les mensonges qu'il avait fallu inventer, au retour, pour ne pas blesser la confiance que les anciens avaient accordée à des hommes sans honneur, puis le long oubli qui avait recouvert l'épisode des cages parisiennes jusqu'à la libération de la parole, au moment des révoltes indépendantistes des années quatre-vingt...

Il y eut un bref conciliabule. La femme aux cheveux bruns coupés courts, protégée du froid et des intempéries par un ciré jaune, prit la parole pour la première fois.

— On va essayer d'arranger ça, de vous organiser une visite personnalisée. Il faut simplement que le comité de grève nous en donne l'autorisation. J'espère qu'ils seront d'accord. Je reviens d'ici un quart d'heure.

La pluie redoublait. Ils se mirent à l'abri sous le porche. Gocéné pouvait voir, dans le hall, son émissaire qui discutait avec une dizaine d'autres employés du musée assis autour d'une table débordant de tracts, de bouteilles d'eau, de cendriers, de baguettes de pain, de gobelets. À un moment, leurs regards se croisèrent. Elle lui adressa un sourire d'encouragement qu'elle souligna d'un clin d'œil pour finir, par un geste de la main, de lui demander d'approcher.

— Tout le monde est d'accord, d'autant que nous possédons la collection de portraits du prince Roland Bonaparte qui représentent les différents peuples montrés aux Parisiens lors des expositions universelles et ethnographiques de la deuxième moitié du dix-neuvième siècle... C'était une vieille tradition. Il y a près de trois mille plaques photographiques. Je peux vous servir de guide si vous me dites à quoi vous vous intéressez exactement...

— Les crânes humains...

La réponse l'intrigua sans qu'elle n'en laisse rien paraître.

— Les crânes humains ! Ce n'est pas ce qui manque. Si vous voulez bien me suivre... Vous vous appelez comment ? Moi, c'est Virginie...

— Et moi, Gocéné.

Virginie traversa le vestibule et grimpa directement vers les galeries du premier étage. Elle fit l'effort, tout en commentant l'ultime proposition du musée de l'Homme, de montrer le chemin parcouru.

— L'exposition permanente est aujourd'hui intitulée *« Six milliards d'hommes : tous parents, tous différents »*. Il y a seulement quarante ans, elle était encore conçue pour démontrer le contraire. On s'attachait alors à souligner les écarts entre les races au moyen de la pathologie comparée, de la physiologie comparée et surtout de l'anatomie comparée. Dans cette dernière discipline, les boîtes crâniennes étaient d'une importance qu'on pourrait qualifier de capitale. Aujourd'hui, on insiste essentiellement sur la continuité génétique de l'espèce humaine. Beaucoup de scientifiques étaient alors obnubilés par le volume et le poids du cerveau, et ils avaient placé près de la sortie de cette salle les crânes de Saint-Simon et de Descartes, comme pour se rassurer. Je crois bien qu'on a conservé leurs squelettes en entier, dans les sous-sols. C'est sûrement là que nous risquons de tomber sur le maximum de pièces de cette catégorie. On pourrait y aller directement, à moins que vous ne vouliez admirer les têtes de l'*Homme de la Chapelle-aux-Saints,* de l'*Homme de la Ferrassie,* de la *Femme de Quina* ou celui du *Vieillard de Cro-Magnon...* Ils sont regroupés dans la section suivante, *La nuit des temps...* Non ? Dans ce cas, on descend.

Gocéné lui emboîta le pas jusqu'à l'ascenseur devant lequel patientait un groupe de grévistes. Ils s'entassèrent en plaisantant pour grimper dans les étages, les laissant seuls sur le palier.

— Tout à l'heure, je vous ai dit que je voulais voir les crânes et c'est vrai... Mais pas tout à fait... Ce sont surtout les têtes que je recherche...

Elle appuya sur le bouton d'appel.

— Comment ça « les têtes » ? Ça veut dire quoi « les têtes » ?

Il attendit qu'ils soient dans la cabine pour lui répondre.

— Les têtes, c'est quand il y a encore de la peau, des cheveux, des sourcils, les yeux, les dents... Les Français en ont fait venir beaucoup de Kanaky... Elles doivent bien être quelque part.

La maçonnerie brute des soubassements du palais résonnait de coups de marteau, de claquements d'agrafeuses et de cris. Des dizaines d'ouvriers, de déménageurs s'affairaient autour d'une multitude de caisses en bois et d'une montagne de copeaux. Ils longèrent plusieurs couloirs dont les parois disparaissaient à moitié derrière les œuvres emballées, classées par tailles et par départements, puis ils traversèrent une immense salle, sorte de nécropole intercontinentale, dont les rayonnages étaient emplis d'ossements humains de toutes époques et de toutes provenances. Des générations de préhistoriens, de paléontologues, d'anthropologues, d'ethnographes, de phrénologues, s'étaient succédé pour ranger, répertorier, assembler, mesurer ces dépouilles prélevées dans des pays dont les noms, calligraphiés sur des étiquettes brunes, avaient été engloutis par l'histoire : Dahomey,

Haute-Volta, Nouvelles-Hébrides ou Rhodésie... Virginie s'arrêta devant une porte constellée d'autocollants.

— Une équipe du Centre national de la recherche scientifique renforce les effectifs du musée, le temps du déménagement. Ils nous aident à dater les pièces, à déterminer leur origine... Ils peuvent difficilement s'associer à notre mouvement, mais ils partagent nos craintes et nous soutiennent... J'espère que la personne à laquelle je pense sera là aujourd'hui. Attendez-moi ici, je n'en ai pas pour longtemps.

Gocéné tira de sous une table une sorte de tabouret sculpté auquel était accroché un petit carton : *« Siège de cérémonie du pays mendi, première moitié du XIXe siècle. »* Il s'y installa et lut, pour passer le temps, les inscriptions portées sur les panneaux pédagogiques d'une ancienne exposition remisés dans un coin de la pièce.

« Groupes européens classés selon leur langue : Celtes, Basques, Latins, Germains et Scandinaves, Slaves, Roumains, Grecs, Albanais, Baltes, Finno-Ougriens. Pour chacun de ces groupes, les objets choisis reconstituent un milieu ou illustrent une activité propre à une région (par exemple, l'industrie laitière en

Suisse). Une vitrine est exclusivement consacrée à la tradition des œufs de Pâques coloriés. »

À son retour, Virginie lui présenta le professeur Mohand Kerchaoui, un homme d'une trentaine d'années à l'allure sportive, habillé d'un pull aux motifs torsadés passé sur un jean délavé.

— Je ne travaille que depuis trois mois sur les inventaires des différents musées qui se sont succédé dans ces locaux. Il y a là les ensembles provenant des Cabinets des Curiosités, du Cabinet Royal, ceux de la rue Buffon et de l'ancien musée de la Bastille, les dons des particuliers et des institutions. Quatre siècles de collecte au gré des conquêtes, des guerres, des alliances. C'est une folie de vouloir tout transférer, en même temps que cela nous oblige à redécouvrir ce qui était devenu invisible... Une partie des fichiers n'a pu être informatisée, et malheureusement cela concerne, entre autres, les collections océaniennes. En plus, mon domaine de compétences, c'est surtout la paléoanthropologie...

Gocéné l'interrompit.

— Vous voulez dire qu'il n'y a rien à faire ?

— Non, pas du tout... Je réfléchissais tout haut. Je me demande quelle est la meilleure méthode pour arriver à nos fins. À mon avis, ça n'aurait aucun sens de chercher au hasard dans tout cet amoncellement de vestiges, d'autant que plusieurs dizaines de milliers d'objets ont déjà été mis en boîtes. Il faut trouver le bon angle. Vu le sujet, je serais assez tenté par la piste du repentir...

Ce fut au tour de Virginie de se manifester, de manière faussement amusée.

— La piste du repentir ? C'est la première fois que j'entends cette expression dans la bouche d'un scientifique... Et ça consiste en quoi ?

— Le plus simple, c'est de remonter au deuxième sous-sol pour passer aux travaux pratiques.

La même ambiance de fourmilière régnait dans le niveau parallèle. Le professeur en tête, ils slalomèrent entre les piles de caisses prêtes à être transférées, les diables qui effectuaient des allers retours entre les stocks et le monte-charge, avant de s'arrêter devant une porte à double battant protégée par une chaîne cadenassée. Mohand Kerchaoui sortit un impressionnant trousseau de clefs de sa poche de jean, et il entreprit d'estimer à leur dessin celles qui pouvaient correspondre à la serrure. La troisième tentative fut la bonne. Les néons clignotèrent avant de jeter une lumière d'autopsie sur une salle emplie d'un tel bric-à-brac, qu'on se demandait s'il s'agissait d'une annexe du marché aux puces ou des rebuts de tournage d'un film hollywoodien consacré aux débuts de l'humanité. Il se dirigea droit sur une sorte de statue poilue d'un mètre cinquante environ, posée sur un socle. Elle représentait une femme noire dont les traits semblaient avoir été accentués de façon à ce qu'ils se rapprochent de ceux d'une femelle animale — sentiment renforcé par la pose choisie, et surtout la taille démesurée du fessier.

— Voilà ce que j'entendais par « repentir ». Quand j'étais gamin, l'école a organisé une sortie au musée de l'Homme et je me souviens être passé devant cette chose avec mes petits camarades. J'ai encore en tête les réflexions idiotes qu'on peut faire à cet âge... Le programme officiel signalait qu'il s'agissait de la Vénus hottentote, une jeune femme venue en Europe au début du XIXe siècle. En fait, d'une certaine manière et sans vous offenser, monsieur Gocéné, il s'agit là de votre ancêtre...

— Pourquoi, elle est kanak ?

— Non, sud-africaine... Je ne parlais pas de vos origines en disant cela mais de ce que l'on a fait de vous en 1931. Cette statue est un moulage du corps de la jeune femme, pratiqué juste après sa mort, et c'est les naturalistes qui l'ont intentionnellement « habillée » de cette manière simiesque. Pendant plus d'un siècle, des centaines de milliers de personnes ont défilé devant son effigie, et la grande majorité s'est donné bonne conscience. La répulsion, au mieux la moquerie, confortait les Européens dans l'idée de leur supériorité. On sait aujourd'hui qu'elle s'appelait Saarje, suivie du nom de son « propriétaire », Baartman, et qu'elle n'est pas venue de son plein gré sur le vieux continent. Elle a été achetée à ses maîtres par un Anglais organisateur de spectacles qui l'a promenée à travers son île pendant plusieurs années avant de la revendre au patron français d'une baraque foraine. On suit sa trace grâce aux comptes rendus des journaux de province qui font état de sa présence dans des foires, des spectacles, des expositions... On a appris, depuis, qu'elle était aussi louée à des « savants reconnus » qui l'auscultaient, la mesuraient sous toutes les coutures, pour conforter leurs arguments racialistes. Sans parler de la prostitution à laquelle elle a été contrainte avant sa mort en 1815. Un véritable calvaire. On peut penser, que c'est à partir de son exemple qu'ont été créés les zoos humains comme celui dans lequel vous avez été enfermé. Le musée de l'Homme a fini par se repentir, il y a seulement quelques années, en déplaçant la « Vénus » vers les réserves inaccessibles au public. Les ossements de Saarje Baartman sont là, dans cette boîte métallique, et je ne parviens pas à savoir quelle est la raison qui s'oppose à ce qu'ils soient restitués à l'Afrique du Sud qui en a fait la demande à plusieurs reprises.

Une fois encore, Gocéné dut s'imposer un effort pour chasser les images oppressantes venues du passé. Il détourna son regard de la statue.

— Nous aussi, quand on sera indépendants, on exigera le retour de nos ancêtres en Kanaky... Tout ce qui a été volé devra être rendu.

Ils se frayèrent un chemin jusqu'à un meuble vitré, habité par des dizaines de crânes aux orbites creuses. Le professeur fit coulisser une des portes afin de se saisir d'une fiche suspendue dans un recoin.

— Voilà encore un exemple de travaux scientifiques qui ont eu leur heure de gloire, et dont plus personne n'oserait aujourd'hui se prévaloir... La cranioscopie ! Pendant des dizaines d'années, toute une école de savants a imposé l'idée qu'on pouvait reconnaître les instincts, les dispositions morales, les capacités intellectuelles des hommes par l'étude de la configuration de leur tête... Le cerveau était soi-disant composé de trente-sept organes dont chacun avait sa spécificité : la mémoire, la ruse, l'amour physique, la prévoyance, l'orgueil, la vanité, et ils étaient décelables par simple toucher digital des protubérances de la boîte crânienne. On pouvait ainsi détecter la bosse des maths ou celle du crime et juger de la personnalité d'un individu ! Beaucoup de ceux qui ont ramené de leurs expéditions des squelettes humains ou de simples moulages de têtes d'indigènes, étaient influencés par ces théories.

Tout en parlant, il continuait à lire les indications portées sur le carton et fut bientôt en mesure d'apporter sa conclusion.

— Aucun de ces ossements ne provient d'Océanie. Il est fait mention de deux autres vitrines dont l'une abrite des crânes péruviens et chiliens, et l'autre uniquement des crânes africains. Elles sont juste derrière, mais je ne pense pas que ce soit la peine de s'en occuper. Il va falloir pousser ces paravents en bambou pour accéder à la deuxième partie de la réserve...

Ils progressèrent, enjambant des amas chancelants de vieilleries parsemés de pièces surprenantes, comme cette mappemonde sibérienne aux motif brodés sur un assemblage de peaux de poissons que Virginie saisit avec d'infinies précautions, pour la poser entre deux ex-voto siciliens sur lesquels, aux hémorragies accidentelles de paysans, coups de faux ou de serpette, répondaient les éruptions sanguines de l'Etna.

— À certains moments, la seule logique c'était d'amasser en espérant découvrir une merveille dans le lot... On se demande si en lieu et place d'ethnologie, certains de nos collègues ne rêvaient pas d'exercer la profession de brocanteur...

— Ils l'auraient sûrement baptisée « bricabraquologie » !

Gocéné ne les écoutait plus. Il prit la main que Virginie lui tendait pour franchir un obstacle composé de sagaies, de bâtons ouvragés, d'aspersoirs, d'instruments aratoires, et s'immobilisa au milieu de son mouvement.

— Là, regardez ! J'ai l'impression qu'il y a quelque chose...

La jeune femme inclina le buste afin de se placer dans la direction indiquée par le doigt pointé du Kanak. Quatre paires d'yeux brillaient dans la pénombre. Le professeur Kerchaoui revint sur ses pas et dégagea un premier bocal en verre empli d'un liquide incolore dans lequel baignait une tête humaine, celle d'un homme encore jeune, à la peau et au regard noirs. Les trois autres récipients, de facture semblable, contenaient les mêmes trophées macabres. Une sorte de couvercle de bois surmontait chacun des bocaux dont la base était habillée d'un socle arrondi en cuivre terni où l'on distinguait des inscriptions. Il se pencha pour les déchiffrer, et ne put réprimer un frisson de répulsion quand son front se colla à la vitre froide, à hauteur du front du supplicié.

— *« Don du Lieutenant de Vaisseau Servant. Prise de guerre du 30 juin 1878. Dumbéa ?*

N° 2. » La mention gravée est rigoureusement identique sur les autres cartouches, à part le chiffre. Les autres portent les numéros trois, quatre et cinq. Ça vous dit quelque chose ?

Gocéné respira profondément pour contenir, l'émotion.

— Oui, bien sûr. Ils ont été massacrés au tout début de l'insurrection. On dit que ce jour-là, quinze guerriers se sont fait guillotiner avec leur chef, Bambaï, et que leurs têtes ont été promenées au bout de piques jusqu'à Nouméa, pour rassurer les colons. Les trois plus féroces dans la répression, c'étaient le gouverneur Olry, le commandant Rivière et le généreux donateur du musée de l'Homme, le lieutenant de vaisseau Servant... Beaucoup de fonctionnaires et de militaires étaient convaincus qu'il fallait suivre l'exemple des pionniers américains, au Far-West, et exterminer les Kanak pour s'emparer définitivement de leurs terres. Ils ont failli réussir. En trente ans, la population a diminué de moitié.

Virginie ressentit un léger malaise. Elle était habituée à la présence de pièces anatomiques, mais le fait que leur histoire soit soudain rappelée les débarrassait de leur seul caractère d'objets d'étude. Ils redevenaient cadavres, et ce qui faisait briller leurs yeux, c'était l'horreur, qui avait présidé à leur mort. Elle avait hâte de sortir, de respirer l'air frais du dehors.

— Nous avons fini par trouver ce que vous étiez venu chercher, monsieur Gocéné. Qu'est-ce qu'on peut faire de plus pour vous ?

— C'est déjà beaucoup, je vous en remercie, mais ce que j'aurais voulu par-dessus tout c'est voir la tête d'Ataï, le chef de la rébellion.

Mohand Kerchaoui les rejoignit près de la porte, un calepin à la main.

— J'ai relevé les références des bocaux, et je ne devrais pas rencontrer trop de difficultés à suivre leur piste dans les fichiers manuels, surtout s'il y a eu une donation officielle de ce lieutenant Servant à son retour de Nouvelle-Calédonie. Je m'y mets dès que possible. Vous avez un téléphone auquel je peux vous joindre au cours de ces prochains jours ?

Gocéné prit le bristol dans sa poche et lui communiqua le numéro du domicile de Jimmy. Le vent, en rafales, rabattait la pluie sur l'esplanade des Droits de l'Homme, la projetait, cinglante, contre les façades assombries du Palais du Trocadéro. Il releva le col du manteau d'hiver, ajusta la casquette sur son crâne pour se diriger droit sur les lumières de la bouche de métro. Le wagon sentait le chien mouillé, la sueur et l'encre d'imprimerie. En trois notes déchirées, un accordéon effaça l'ordinaire du voyage. Assis sur un strapontin, Gocéné ne lutta pas contre la lassitude qui pesait sur ses paupières. Il se laissa bercer par la musique et le tangage de la rame. Son esprit accrocha le souvenir d'une autre mélodie et des mots qui restaient d'un refrain cent fois répété :

Nous sommes seuls...

Il y eut aussi, bientôt, le choc des boules d'ivoire sur le tapis vert, les ordres du garçon lancés vers les fourneaux, le légionnaire qui chantonnait en faisant la vaisselle, les stridences métalliques, les sifflements de vapeur sur le chemin de fer de ceinture... Badimoin se tenait en face de lui, dans ce restaurant de barrière où ils avaient échoué après leur évasion de l'Exposition coloniale. Il mangeait en homme libre ce qu'il ignorait être son dernier repas. Le fantôme souriant et rassasié l'accompagna jusqu'à Croix-de-Chavaux.

Cette fois encore, Karine était seule à la maison. Elle avait déplié sur la table de la cuisine les feuilles du journal de la veille, et coloriait à la gouache les motifs géométriques d'un cahier d'exercices. Une rosace, un perroquet, un Arlequin... Elle se leva pour changer l'eau troublée où trempaient ses pinceaux. Au retour le verre, posé par inadvertance sur un crayon, se renversa diluant les couleurs, effaçant les frontières entre le rouge et le vert, le jaune et le bleu. Gocéné vint en aide à la fillette pour éponger le désastre, tarir les minuscules rivières multicolores. Il la dissuada de se servir du sèche-cheveux qu'elle était allée prendre dans la salle de bains.

— Les feuilles vont gondoler, pire qu'un chemin de montagne. Le mieux, c'est de mettre ton cahier sur le radiateur, entre deux gros livres, avec des boîtes de conserve par-dessus.

Il prépara un thé, pour se réchauffer, et le but à petites gorgées, debout devant la vitre du balcon à regarder sans trop les voir deux équipes qui s'affrontaient sur le terrain de basket coincé entre les parkings. La voix de Karine le tira de sa rêverie.

— J'ai entendu mes parents qui discutaient, hier soir. Si tu es venu nous voir..., c'est à cause d'Ataï ?

— Qu'est-ce que tu veux que je te réponde ? Tu me demandes ce que tu sais déjà. Je cherche sa tête.

Elle fit la moue et haussa les épaules.

— Je n'ai pas tout compris... Pourquoi les Français lui ont volé sa tête ? C'est grave... On n'a pas le droit, normalement. Il leur avait fait quoi ?

— C'est une très longue histoire d'il y a très longtemps. Je suis un vieil homme et même mon père n'avait pas vu le jour quand elle s'est déroulée. Mon grand-père était un tout jeune homme, à l'époque, et c'est lui qui me l'a racontée.

Gocéné prit place sur le canapé, et Karine vint se blottir contre lui.

— Toi, raconte-moi maintenant.

Il lui prit la main.

— Tout a commencé deux ans auparavant, en 1877, quand les Kanak ont été obligés de vivre dans des réserves délimitées par un gouverneur venu de Paris. Une grande partie de leurs terres est alors attribuée aux colons ou aux administrations, à l'armée. La tribu du chef Ataï cultivait des champs d'ignames à Kowalé, à Uraï, à Dogny, dans la région de La Foa, et c'est près de cet endroit que s'installe une colonie agricole pénitentiaire, où des bagnards français s'occupent de centaines de têtes de bétail. Les vaches n'existaient pas sur l'île, elles sont arrivées en bateau, elles aussi, mais personne ne prend la peine de leur expliquer qu'il ne faut pas manger les pousses d'ignames, de taros. Ataï vient se plaindre. Le capitaine lui demande d'enlever sa coiffe de chef, en signe de respect et de soumission. Il refuse en disant : *« Quand tu quitteras ta casquette, j'ôterai la mienne. »* On le renvoie aussitôt en lui ordonnant, s'il n'est pas content de son sort, d'élever des barrières pour protéger ses cultures.

— C'est ce qu'il a fait ?

— Non. On lui avait volé son horizon et maintenant on lui volait ses récoltes. Il répond fièrement : « *Je planterai des clôtures quand mes ignames et mes taros iront manger vos bœufs !* »... Il a compris ce jour-là que la Grande-Terre appartenait à un autre peuple que le sien. À son retour, il apprend que des colons refusent de rendre à sa famille kanak une jeune femme du village, Katia, retenue comme esclave depuis plus de trois ans. « *Ils ont le cœur plus dur encore que la pierre bleue de la rivière* », déclare Ataï en sortant de la grande case où a eu lieu le conseil des anciens. Il organise une expédition au cours de laquelle la ferme est incendiée, et ses habitants tués à coups de casse-têtes. Le lendemain, des dizaines de tribus se soulèvent, dans la vallée de Thio, à Moindou, à Farino, à Boulouparis... Nouméa est encerclée. Les Français se réfugient dans leurs places fortes, tandis que des détachements de l'armée aidés par des bagnards et des Communards auxquels on avait promis la liberté, attaquent les villages, massacrent les hommes, les femmes, les enfants... Ils sont commandés par un colonel d'infanterie de marine, Gally-Paseboc, qui jure de faire comme les Anglais en Tasmanie : il se vante qu'après son passage, il ne restera plus un seul Kanak en Calédonie. C'est Ataï qui le tuera d'un coup de fusil, au mois de juillet, dans une embuscade. Un autre gradé, le lieutenant de vaisseau Servant promet de verser deux cents francs à celui qui lui amènera la tête d'Ataï et quinze francs pour chaque scalp de révolté.

— C'est pareil que dans les westerns qu'on voit à la télévision...

Le jour commençait à tomber, rendant plus présente la pulsation mauve de l'enseigne géante. Gocéné tendit le bras pour allumer la lampe posée près du canapé.

— Oui, sauf que dans les films, ce sont les Indiens sanguinaires qui scalpent les pauvres Visages Pâles. Le malheur d'Ataï est venu de ses propres frères. En échange de promesses, d'armes et d'argent, plusieurs chefs se sont alliés aux Blancs, ils ont accepté de participer à une battue dans toute la région d'Uraï pour débusquer les guerriers. Le chef Naïna a réussi à leur échapper, en se fondant dans la brume du matin, mais les veilleurs du camp d'Ataï n'ont pas entendu approcher le détachement de traîtres commandés par un simple soldat, Le Gailleur. Ils ont encerclé la case où le grand chef Ataï se reposait, entouré de ses fils et de ses conseillers. Une sagaie lancée par Segou, de la tribu des Canala, lui a transpercé le bras alors qu'il faisait face, un sabre pris à un gendarme dans la main. Puis c'est une masse qui l'a frappé au visage. Autour de lui, il n'y avait plus que des blessés et des morts auxquels on détachait la tête du tronc, avec des haches en fer, des couteaux. Elles ont été placées dans des paniers d'osier, sauf celle d'Ataï qu'un soldat a plantée au bout de sa baïonnette pour l'emmener jusqu'au quartier général du commandant Rivière et de Servant. Le meurtrier a reçu sa récompense de deux cents francs. On a plongé la tête du chef de l'insurrection dans un liquide qui conserve aux morts les traits de leur jeunesse.

— Pourquoi tu la cherches ici ?

Il s'aperçut que la fillette était au bord des larmes, et en voulut au monde de l'obliger à raconter de telles horreurs à une enfant.

— Elle a été exposée chez le gouverneur, à Nouméa, pour que chacun puisse être bien certain que tout était terminé. Puis elle a été mise sur un des bateaux de l'escadre qui repartait en France, puis offerte au responsable du Bureau des colonies, à Paris. Des centaines de prisonniers ont été envoyés dans des bagnes, sur l'archipel de Belep et jusqu'à Tahiti...

Karine vint se blottir contre lui.

— Comment tu sais tout ça, grand-père ?

— J'écoute, je discute, je lis... Pendant une grande partie de ma vie, je ne me suis pas intéressé à l'histoire de mon île, certainement parce qu'elle ne parlait que de défaites et d'humiliations. Les choses ont changé il y a une quinzaine d'années, alors que tu n'étais pas encore née. Une autre grande révolte a éclaté et j'y ai participé, comme ton père. Il pourra te raconter lui aussi. On avait fait une liste de tout ce qu'on exigeait, la terre, la liberté, le respect Un vieux chasseur de roussettes de Tiendanite nous a fait rajouter : le retour de la tête d'Ataï. Il ne l'avait pas oublié. Et moi je suis ici pour tenir sa promesse.

En rentrant les bras chargés de provisions, à l'heure où les indicatifs des journaux télévisés se disputent les parts de marché, Isabelle et Jimmy les trouvèrent endormis sur le canapé.

La matinée du dimanche fut absorbée par les préparatifs de la fête. Solange, une nièce de Jimmy remuait les casseroles dans la cuisine en compagnie d'Isabelle, tandis que son mari, un ancien pêcheur de Ponerihouen taillé comme un rugbyman néo-zélandais, poussait les meubles de la salle à manger pour déplier les rallonges de la table. Karine râpait la chair blanche des noix de coco au-dessus d'un saladier, et à l'aide d'un couteau effilé, Gocéné amincissait la nervure centrale des feuilles de bananier afin de pouvoir les replier autour des crabes, des légumes placés dans l'évier. Quand tout fut prêt, Jimmy disposa les feuilles les unes sur les autres, en forme de cercle, les recouvrit des morceaux de taros, d'ignames, de bananes plantain, de patates douces, de tomates, d'oignons. Il ménagea une niche pour caler les crustacés, arrosa le tout de la pluie de coco que lui tendait sa fille. Solange l'aida à relever les extrémités des feuilles, à les nouer avec de la ficelle de raphia pour former une sorte de ballon végétal qu'ils mirent au four après l'avoir enveloppé dans du papier aluminium.

— Préparé comme ça, il est moins bon que dans le feu de terre rouge, cuit entre les pierres chaudes, avec des crabes de cocotier, mais vous verrez qu'il n'est quand même pas trop mal, le bougna des Kanak de Montreuil...

Deux heures plus tard, la boule fumante fut déposée sur un plat et les liens, coupés d'un coup de ciseaux, libérèrent des parfums venus des antipodes. Les convives se servaient à la cuillère ou à la fourchette, et chaque bouchée était un voyage au pays. Jimmy qui jouait les modestes sous l'avalanche de compliments, ne se décida à quitter sa place qu'à la troisième série de sonneries du téléphone. Il laissa le combiné sur l'accoudoir du canapé, s'approcha de Gocéné et baissa la voix.

— C'est pour toi grand-père... Un professeur au CNRS. Mohand quelque chose... Je n'ai pas compris son nom. Il veut te parler...

Le vieil homme s'essuya la bouche, les mains, puis saisit l'appareil.

— Oui, professeur Kerchaoui ? C'est Gocéné... Je vous écoute.

Le silence se fit dans la pièce.

— Bonjour. J'ai essayé de vous appeler plusieurs fois, mais il n'y avait personne. Je crois que j'ai du nouveau pour vous...

— Vous avez retrouvé la tête d'Ataï ?

— Non, et croyez bien que je le regrette. Une nouvelle pareille, vous pouvez être sûr que je me serais déplacé pour vous l'apprendre... Il n'y a aucune trace d'Ataï dans les archives du musée de l'Homme, ni dans son ancêtre le musée d'Ethnologie, pas plus qu'au musée des Arts Africains et Océaniens. Il faut chercher ailleurs. Je me suis laissé dire que ce genre de trophées décorait les bureaux de certains militaires et de hauts fonctionnaires du ministère des Colonies... Cela leur servait de diplômes. J'ai pu, grâce à Virginie, obtenir le nom d'un personnage qui pourrait vous renseigner. Il s'intéresse à ce genre de choses. Vous avez de quoi noter ?

Il s'assit sur le canapé et s'apprêta à écrire dans la marge haute d'un magazine ce qu'allait lui dicter Mohand.

— Je suis prêt...

— Il s'appelle Roger Ladvergnat. Il habite en province, mais vous avez la possibilité de le rencontrer demain matin, entre dix heures et midi, au cimetière de Thiais. C'est en banlieue parisienne, dans le Sud, après Vitry... Il sera présent, pour des raisons professionnelles, près du monument aux morts de la division numéro 102. Virginie l'a prévenu de votre visite éventuelle, et il saura vous reconnaître...

La gamine ne cessait de grimper sur le tabouret, dans l'entrée, de pianoter sur les touches du digicode pour ouvrir le passage à tous les Kanak en exil qui venaient saluer Gocéné. Toutes les villes étaient représentées, de Yaté à Poum, et on se donnait des nouvelles d'un mariage à We, d'une naissance à Ouegoa, d'un décès à Poya, en évitant de parler des dissensions qui minaient le mouvement indépendantiste et venaient d'aboutir au remplacement de son dirigeant. Si par inadvertance une phrase, un mot, risquait de faire dévier la conversation, il se trouvait toujours un invité pour lancer un débat de diversion sur les bienfaits du kava, ou l'épidémie de dengue qui sévissait sur l'île de Maré comme dans les squats misérables de la banlieue de Nouméa.

Le lendemain matin, il prit le métro jusqu'à la station Villejuif-Louis Aragon, puis un autobus le déposa devant la place circulaire où stationnaient les fourgonnettes impeccables des pompes funèbres, en attente des cortèges. Les immenses portes de métal noir, ouvraient sur une allée bordée de platanes dénudés qui se perdait, bien avant l'horizon, dans un jour couleur de terre. Une procession de voitures l'emprunta, au ralenti, et se dirigea vers le drapeau immobile du carré militaire français. Habitué aux seuls cimetières de Kanaky, Gocéné ne savait dans quelle direction porter ses pas. Un homme au visage couturé, engoncé dans un manteau trop grand pour lui l'aborda, un mégot éteint aux lèvres.

— Vous n'auriez pas du feu, par hasard ?

Gocéné sortit de sa poche de veste une boîte décorée d'une tête de cerf, gratta une allumette et, les mains jointes, en approcha la flamme de la cigarette.

— Je suis un peu perdu... Vous pourriez me dire où est la division 102 ?

L'homme aspira à plusieurs reprises pour bien faire prendre le tabac avant de s'emplir les poumons de fumée.

— Vous n'êtes pas arrivé... Le 102, c'est tout au bout en suivant le boulevard des allongés. On ne peut pas se tromper, c'est numéroté comme une rue, sauf que les pâtés de maisons, ici, c'est des alignements de tombes. Ils n'ont pas construit d'étages, ils se sont arrêtés au rez-de-chaussée. Je peux faire un bout de chemin avec vous, si ça ne vous dérange pas... Je m'arrête au 49... Vous avez des parents à Thiais ?

Il pensa furtivement à Ataï.

— Oui... Et vous ?

Ils dépassèrent la première ligne de carrés d'une cinquantaine de mètres de côté qui s'étendaient à droite et à gauche, bordés d'arbres symétriques.

— Ils glissent tous là, les copains, au 49. Les uns après les autres... Ce matin, je viens pour Matthias. Ils l'ont ramassé refroidi sur le trottoir la semaine dernière, contre une porte cochère du quartier Opéra. Quarante piges, comme moi ! On se croisait à La Mie de Pain ou à la soupe de la gare de l'Est... J'ai une lettre dans une poche, avec l'adresse de ma famille, pour pas qu'on m'enterre comme un chien. Ils vont le mettre dans le trou des « sous X »...

Gocéné jeta un regard aux tombes posées de quinconce du cimetière bouddhiste.

— C'est quoi, les « sous X » ?

— Rien d'érotique. Pareil que quand quelqu'un naît et que ses parents ne le reconnaissent pas, c'est un « né sous X ». Là, il meurt sans personne pour dire qu'il est de chez eux, c'est un « mort sous X ». La morgue lui ouvre le bide, puis ils le jettent dans des sortes de fosses communes bétonnées, « les caveaux à décomposition accélérée », sans discours, sans fleurs, sans plaque. Rien. Ils les vident tous les cinq ans, tellement il y a de demande. Déjà qu'on ne faisait pas de vieux muscles, je peux vous certifier qu'ici, à Thiais, on ne fait pas de vieux os...

Il s'arrêta à un carrefour et désigna un petit groupe qui battait la semelle derrière une haie de troènes.

— C'est ici qu'on se quitte. Les potes sont arrivés. Vous, c'est toujours tout droit... À la revoyure.

Gocéné serra la main qui lui était tendue. Il dépassa les carrés juifs et longea plusieurs étendues de terre remuée, libérée d'anciennes concessions, qui précédaient les enclos du cimetière musulman. Une surface engazonnée coupée par une allée de graviers jouxtait les stèles frappées du croissant. Une vingtaine de personnes étaient rassemblées autour d'un monument en pierre blanche, sur une aire délimitée par des plaques commémoratives posées à même le sol, contre des pots de fleurs. Il se pencha pour lire les inscriptions portées sur un panneau planté au bord du trottoir, à la naissance du chemin : *« Hommage de l'Assistance Publique (Amphithéâtre d'anatomie). Aux généreux donateurs de leur corps pour l'enseignement et la recherche en chirurgie. »* Deux policiers se tenaient à l'écart, au milieu de la pelouse, près d'une fosse ouverte dans laquelle creusait un fossoyeur dont on n'apercevait que la tête et les épaules et qui rejetait à leurs pieds, avec une régularité de métronome, des pelletées de glaise. À un moment, les policiers s'accroupirent pour saisir des blocs embourbés que leur tendait le terrassier. Plusieurs des spectateurs qui étaient restés à distance les rejoignirent. L'un d'eux tenait un seau empli d'eau et une brosse avec laquelle il se mit en devoir de débarrasser de leur gangue les objets prélevés dans la tombe.

Ses efforts firent apparaître une série de bocaux d'une trentaine de centimètres de hauteur moitié moins de diamètre, qui furent disposés sur la stèle. Depuis son point d'observation, Gocéné pouvait distinguer les formes brunes qui flottaient dans un liquide jaunâtre. Il y eut de longues palabres autour de ces pots de verre, de leur contenu, un opérateur les filma minutieusement au caméscope, puis les fonctionnaires en uniforme les transportèrent près de la fosse dans laquelle ils furent enfouis à nouveau. Le rassemblement se dispersa vers les véhicules garés dans l'allée centrale, quelques-uns partirent à pied en direction de la porte monumentale. Seul un homme de forte stature, sanglé dans un imperméable gris, les mains gantées et coiffé d'un chapeau noir, demeura immobile dans le carré 102. Il fit un signe de tête à Gocéné avant de combler la distance qui les séparait, s'inclina légèrement.

— Roger Ladvergnat... Je pense que c'est bien moi que vous attendez ?

— Oui, j'ai reçu hier un appel du professeur Kerchaoui, du musée de l'Homme... De la part de Virginie. Il me demandait de venir ici. C'était quoi, ces bocaux ?

— J'ai ma voiture un petit peu plus loin. Je supporte de moins en moins l'humidité. On va aller prendre un café en ville, pour se réchauffer. Je n'ai pas beaucoup de temps devant moi ; je dois être à Lyon en fin d'après-midi.

Avant de se mettre au volant, il racla ses semelles sur l'arête du caniveau pour détacher la terre amoureuse. Ils roulèrent au pas entre les alignements de platanes dépouillés.

— Il m'est arrivé quelquefois de procéder à des analyses biologiques pour le compte du musée, et c'est à cette occasion que j'ai fait la connaissance de Virginie... Je suis médecin légiste, et j'ai travaillé pendant plus de vingt ans à l'Institut médico-légal de Paris. On m'a mis à la retraite, mais je réalise toujours des expertises, pour les tribunaux. C'est dans ce cadre-là, un complément d'enquête sur une vieille affaire d'octobre 1979, qu'il y a eu cette petite cérémonie, ce matin... On enterre ici, au 102, les restes des gens qui ont fait don de leur corps à la science, mais également les organes des autopsiés dans le cadre d'une enquête criminelle. Normalement nous aurions dû exhumer les poumons, le foie, les reins et l'estomac du scellé judiciaire numéro 302...

Les gardiens en discussion devant leur guérite le saluèrent quand il sortit de l'enceinte du cimetière.

— Vous arrivez à les retrouver, après tout ce temps ?

— Oui, la France est un pays d'ordre... Tout est répertorié, classé, archivé, informatisé... Quand on ne retrouve pas quelque chose, c'est que c'est dans l'ordre des choses ! Et cette fois, on a fait chou blanc. Il ne reste apparemment plus rien des viscères de ce haut personnage de l'État dont on murmure qu'il ne s'est pas noyé dans quarante centimètres d'eau, mais qu'il a été assassiné...

Il contourna la nationale pour ranger sa voiture sur un petit terre-plein coincé entre un café-restaurant et l'exposition d'articles funéraires d'un marbrier. Assis devant le bar, Gocéné commanda un thé et Ladvergnat un demi-pression. Le médecin attendit en silence que les boissons soient servies pour reprendre la conversation.

— D'après ce qu'on m'a expliqué, vous seriez à la recherche de la tête d'un guerrier canaque... Je ne me trompe pas ?

— Non. En réalité, c'est le chef des guerriers. Il s'appelle Ataï. Il a été tué le premier septembre 1878 à Amboa, dans un guet-apens tendu par un traître, Nondo, de la tribu des Canala. Sa tête a été tranchée, envoyée en France, par bateau, comme preuve de sa mort, au Bureau des colonies.

Le légiste but une gorgée de bière.

— La photographie existait à l'époque, c'était même la grande mode... La tête coupée comme preuve de l'exécution, ça ne me paraît pas très pertinent... Je penche plutôt pour une autre explication. De nombreux militaires ramenaient des « souvenirs » de leurs expéditions, pour impressionner leur petit monde, une fois revenus à la vie de caserne, en métropole... Des tibias, des jeux d'osselets. Les colliers d'oreilles de fellaghas algériens sont légion, si je puis dire... La possession d'une partie du corps de l'ennemi a toujours agi puissamment sur le vainqueur. Il a le sentiment de dominer sa peur. L'année dernière, un condamné à mort texan, violeur et assassin, a fait don de son corps à la science. À sa sortie de la chambre à gaz, le corps a été congelé comme une carcasse de bœuf, puis il a été découpé au laser, en milliers de tranches très fines, de la tête aux pieds... Chacune des rondelles a été scannée, numérisée, et un ordinateur très puissant a pu reconstituer une image virtuelle de l'intérieur du corps humain. Sur le programme, on peut suivre chaque artère, chaque veine, chaque vaisseau, inspecter les muscles et les organes en profondeur... Une œuvre anatomique unique ! Et pourtant, en vérifiant l'inventaire, les légistes se sont aperçus qu'il leur manquait une dizaine de tranches du condamné, situées bien évidemment dans la région pubienne... Je suis certain qu'elles figurent en bonne place dans les vitrines d'exposition réfrigérées de certains collectionneurs.

Gocéné n'avait jamais envisagé pareille hypothèse. L'armée française avait mené une guerre d'extermination contre les Kanak, et la tête d'Ataï devait nécessairement se trouver dans les réserves de l'État, à un endroit qu'il restait seulement à déterminer. L'éclairage donné par le docteur Ladvergnat découvrait des pistes multiples, innombrables même.

— Vous croyez qu'Ataï a pu subir un sort identique ?

— Il y a une quinzaine d'années, au moment des premiers accords Matignon en Nouvelle-Calédonie, des recherches ont été entreprises pour remettre la main dessus. Cela venait de l'entourage direct du Premier ministre, et j'en ai été informé de manière officieuse. Je me souviens avoir passé plusieurs coups de fil à des collègues ainsi qu'à certaines personnes que je connais pour entretenir des relations avec ce genre de collectionneurs...

Le vieil homme repoussa la tasse de thé pour se pencher au-dessus de la table.

— Qu'est-ce qu'ils vous ont répondu ?

— La plupart pensaient que la pièce appartenait à l'ancien musée des Colonies de la porte Dorée ou aux galeries ethnologiques du palais du Trocadéro. Des scientifiques, dont la bonne foi ne peut être mise en doute, m'ont certifié l'y avoir vue dans les années quarante et cinquante, pas très loin de la Vénus hottentote. À mon avis, ils ont dû confondre avec d'autres reliques canaques, celles par exemple que vous avez mises au jour avec Virginie et le professeur Kerchaoui dans les rebuts du musée de l'Homme...

Il jeta un coup d'œil à sa montre et termina son verre.

— Un seul de mes correspondants a été en mesure de me fournir assez de détails pour exciter ma curiosité. Ma conviction est qu'il avait tenu le bocal formolé entre ses mains.

Gocéné sentait le sang qui lui battait aux tempes.

— C'est qui, hein ? Vous l'avez rencontré ?

— Non. Entre-temps, Jean-Marie Tjibaou et son adjoint Yeiwéné Yeiwéné avaient été tués sur l'île d'Ouvéa par Djubelly Wéa, l'un des opposants aux négociations avec la France. J'aurais bien voulu poursuivre mes investigations, mais il y avait sûrement d'autres urgences, et la tête d'Ataï n'intéressait plus personne dans les ministères.

Il sortit un calepin de sa poche, l'ouvrit et griffonna quelques lignes avant de détacher la page qu'il tendit à Gocéné tout en se levant.

— Voilà son nom, son téléphone à huit chiffres. J'ajoute l'indicatif 01 devant. Là, c'est l'adresse à laquelle il habitait à cette époque. Vous pouvez vous recommander de moi. Désolé, il faut que je vous quitte, j'ai cinq cents kilomètres qui m'attendent et je préférerais arriver à Lyon avant que la nuit tombe... Bonne chance.

Gocéné ressentit le premier gros coup de fatigue dans le métro du retour, et il attribua ce vide soudain dans la poitrine, cette pesanteur des membres, aux effets du décalage horaire, au manque de repos après la fête de Montreuil, à cette marche dans le froid vif du matin. Le trajet en sous-sol, oppressant, lui semblait durer le double de temps qu'à l'aller. Personne ne répondit à son appel, dans l'appartement, et il composa le code d'accès en lisant chaque lettre, chaque chiffre, sur le bristol de Jimmy. Allongé dans la chambre de la gamine, il se contenta d'une soupe épaissie au tapioca qu'Isabelle lui apporta sur un plateau décoré d'une vue de la baie de Hienghène, avec son rocher de lave figée en forme de poule. Dans un demi-sommeil agité, rythmé par les pulsations de l'enseigne, il entendit sonner toutes les heures de la nuit au clocher voisin.

Au matin, la lassitude n'avait pas disparu, et la journée qui suivit ne le vit pas sortir de la cité. Il effaça les heures en naviguant d'une chaîne à l'autre, d'un jeu aux règles obscures à un feuilleton brésilien dont les auteurs eux-mêmes avaient oublié l'origine de l'intrigue. L'envie de vivre lui revint en milieu d'après-midi quand il tomba sur les dernières séquences câblées de *Buena Vista Social Club*, au hasard de ses pressions de pouce sur la télécommande. Il avait déjà vu le film à Tendo, des dizaines d'autres aussi, sur le magnétoscope de Joseph alimenté par des batteries montées en série, avant que l'électricité n'arrive dans la tribu, et quand Ibrahim Ferrer se mit à chanter *Veinte Años*, accompagné par Rubén Gonzáles, ce furent de vieux compagnons qu'il retrouvait. Il éteignit la télévision sur les dernières notes du concert, décrocha le téléphone et composa le numéro inscrit sur la feuille arrachée au carnet du légiste. La sonnerie résonna longuement à son oreille. Il allait abandonner quand une présence féminine se manifesta.

— Oui, allô... C'est pourquoi ?

La voix était traînante, saturée de nicotine.

— Bonsoir madame... Je voulais parler à monsieur Robert Deschenke...

Il avait hésité sur la prononciation du nom. À l'autre bout du fil, un début de rire dégénéra en quinte de toux.

— Robert Deschenke ! Il y a au moins dix ans que je n'avais pas entendu parler de lui... Les vacances sont finies !

Vous savez où il se trouve ?

— Il a posé ses valises ici pendant quelques mois, mais il a eu vite fait de les remettre à la consigne... Vous lui voulez quoi, à Robert ?

— J'ai besoin de discuter avec lui. Je suis venu spécialement de Calédonie pour le voir. Il sait des choses sur des têtes kanak...

Elle ne lui laissa pas le temps de terminer sa phrase.

— C'est pour ça que je l'ai viré de la maison, à cause de ses monstres. Je ne supportais pas, ils me foutaient les jetons. À mon avis, vous arrivez un peu tard. Aux dernières nouvelles, et elles ne datent pas d'aujourd'hui, il aurait revendu son fonds de commerce pour s'installer dans un bled de banlieue avec une jeunesse.

Il parvint à glisser une question.

— Où ?

— Dugny, ça s'appelle, mais je n'ai pas l'adresse. Dépêchez-vous de mettre la main dessus avant qu'elle croque tout le magot.

Dès son retour, Jimmy procéda sans succès à des recherches dans les annuaires disponibles sur Internet. Les seuls Deschenke référencés, une petite dizaine, habitaient les Vosges, le Haut et le Bas-Rhin. Il releva les numéros de téléphone sur un de ses bristols.

— Je peux les appeler si tu veux, grand-père, mais avant il faudrait que tu m'expliques exactement ce que je dois leur dire...

Gocéné préférait s'en charger. Les trois premiers de la liste ne se souvenaient pas d'un homonyme prénommé Robert, encore moins d'un amateur de pièces anatomiques. Le quatrième n'était plus abonné au numéro qui lui avait été attribué. La cinquième, une veuve faussement larmoyante, ne voulait plus entendre prononcer le nom de son défunt mari qui ne lui avait apporté que des déboires, et elle lui demanda à qui il fallait écrire pour faire porter son seul nom de jeune fille sur le Bottin. C'est le suivant, Stanislas, qui détenait la solution au problème de Gocéné. Il vivait seul et semblait ne pas avoir trop d'occasions de se confier. Pendant près de dix ans, associé à son cousin Robert Deschenke, il avait sillonné la France, la Belgique et l'Allemagne, à bord d'un énorme Berliet dont les deux remorques se transformaient, à chaque étape, en musée des horreurs. Ils avaient arrêté à la suite d'un grave accident, au retour de l'Oktoberfest de Munich, qui lui avait coûté un bras, quelques jours de coma et des déplacements de vertèbres.

— On faisait le circuit obligé de toutes les fêtes foraines pour présenter nos collections. On ratissait les ducasses, les vogues, les redoutes, les frairies, les kermesses. Ça marchait du tonnerre de dieu. Aussi bizarre que ça puisse paraître, c'est un lieu de drague : quand les gamines ont le frisson, elles se laissent approcher plus facilement. Mais pour nous, le problème c'est la fatigue : monter, démonter, et rouler sur six cents kilomètres dans la foulée, des fois plus en trafiquant le mouchard... J'ai piqué du nez une seconde de trop en quittant l'autoroute, à l'entrée de Strasbourg... Il y avait pas mal de casse, aussi, dans les vitrines, on pataugeait dans le formol. Pendant mon séjour à l'hosto, Robert a essayé de redémarrer, mais il n'a pas réussi à tomber sur la bonne personne. Il faut vraiment bien s'entendre, quand on fait la route. Mieux qu'un couple. Il a fini par refourguer tout le matériel, morceau par morceau. On n'a plus tellement de contacts, à part les papiers qui traînent, à cause de la liquidation de la société... Je vais en prendre un dans la commode, pour l'adresse... Juste une minute...

Le lendemain matin, Isabelle fit un détour pour laisser Gocéné à la gare des bus de la porte de la Villette. Le 249 longea les architectures hétéroclites de la proche banlieue Nord, friches industrielles et quartiers pavillonnaires, cités murailles et anciens murs de plâtre des fermes maraîchères. Il descendit à l'autre bout de la ligne, à l'arrêt Albert Chardavoine, près d'un collège aux abords envahis par une multitude d'élèves attendant l'ouverture des portes. *Chez Tassin*, un café-restaurant aux fenêtres murées, faisait le coin du passage Bombel. Gocéné s'engagea sur les pavés disjoints, entre deux rangées de maisons basses aux façades masquées par le chèvrefeuille ou le lierre, précédées de jardins gagnés par l'herbe jaunie d'où émergeaient les tiges sèches des roses trémières. Il lut le nom de Robert Deschenke gravé dans la peinture de la boîte aux lettres, et poussa une grille tordue qui racla le ciment de l'allée. Il cogna à la porte à l'aide d'un heurtoir massif en forme de tête de chat. L'homme qui lui ouvrit avait le teint parcheminé, les épaules tombantes, les traits affaissés, le regard éteint. Les pieds nus dans des claquettes, il était vêtu d'un chandail gris ouvert sur un maillot de corps à grosses côtes et un pantalon de pyjama à rayures. Il décolla une cigarette faite main de ses lèvres brûlées par le tabac après que Gocéné lui eut demandé s'il pouvait entrer.

— Vous devez faire erreur, ça fait longtemps que je n'attends plus personne.

— C'est votre cousin de Staffelfelden, Stanislas, qui m'a donné votre adresse. Il vous transmet son bonjour.

Deschenke toisa un moment le vieux Kanak.

— Il va comment ?

— À part son bras et son dos, tout le reste

marche assez bien... Il ne fait pas très chaud, on serait mieux à l'intérieur pour discuter.

D'un signe de tête, le forain l'invita à le suivre dans un couloir, encombré de cartons, jusqu'à une pièce remplie de meubles posés les uns contre les autres. Il dégagea un espace autour de la table, tira deux chaises.

— Asseyez-vous. J'ai de la bière si ça vous dit...

Gocéné patienta le temps qu'il emplisse les verres, avant de raconter son histoire depuis les cages de l'Exposition coloniale, soixante et onze ans plus tôt, jusqu'à la rencontre de l'avant-veille avec Ladvergnat, le médecin légiste, devant le carré numéro 102 du cimetière de Thiais.

— Il m'a confié qu'au moment des barrages sur la Grande-Terre, il vous avait contacté. Il cherchait à retrouver la tête d'Ataï pour le compte des services du Premier ministre et d'après lui, vous aviez l'air de détenir certaines informations intéressantes, j'aimerais en savoir plus...

— Il vous a affranchi sur autre chose, Ladvergnat ?

— Je ne m'intéresse qu'à Ataï.

Robert Deschenke, les coudes écartés sur la table, prit le temps de rouler une cigarette, de la fumer à moitié et d'avaler deux verres de bière dont les effets lui colorèrent légèrement les joues.

— En trente ans de carrière dans les galeries de monstres, j'en ai vu passer des crânes, des cires, des moulages, des bocaux... Et les trois quarts, je dois vous avouer que je ne me souciais pas de leur fournir un certificat d'authenticité. Pour le plus gros du boulot, j'ignore ce qui m'est passé entre les mains. Les petits textes qu'on mettait à côté des pièces, c'est Stan qui s'en chargeait. Un as en rédaction ! Le fœtus qui flottait dans l'éther venait de Marie-Antoinette, c'était le frère du Masque de Fer... Le cerveau verdâtre avait été pris au crâne de Landru, juste après son passage sur la guillotine. Tout à l'avenant. C'est lui qui a inventé un de nos plus gros succès, les siamois de sexe différent. On a fait réaliser la sculpture en cire par un type formé à l'école Jules Talrich. Attention, chef-d'œuvre... Il y avait toujours un bouchon devant. On avait aussi une vitrine sur les effets des maladies vénériennes, une autre sur les malformations génitales, les hermaphrodites et tout le bataclan... Plus c'est spécial, plus ça attire le populo. Le frisson de l'interdit et l'alibi de la connaissance. La télé n'a rien inventé, c'est toujours comme ça qu'on accroche le client.

Le regard de Gocéné se posa sur le moulage d'un bas-ventre affublé de deux pénis au repos à demi caché par une tenture cramoisie.

— Vous n'avez pas tout vendu...

— Si. J'ai presque tout cédé au musée des Arts Forains qui s'est installé dans les anciens chais de Bercy, à la place du pinard. Celui-là, en s'approchant, on voit que la cire a été déformée, au moment de l'accident. C'était irrattrapable, et ils ont préféré faire une copie.

— Et la tête d'Ataï ?

Le forain le regarda droit dans les yeux pour la première fois depuis le début de leur entretien.

— Au moment de la transaction, je l'avais déjà écoulée. Ladvergnat aurait pu vous le dire, ça vous aurait économisé le trajet jusqu'à Dugny... C'est son adjoint qui m'a fourni le client.

Gocéné se retint avec difficulté de l'interroger sur le double jeu du légiste. Il se concentra sur l'essentiel.

— Comment vous pouvez être sûr que c'était bien cette tête-là et pas une autre ? Vous avouez vous-même que vous ignoriez d'où venaient les objets que vous exposiez...

— Je vous le confirme. Celui que vous appelez Ataï, pour nous pendant un paquet de temps, son nom de baptême dégoté par Stan, c'était Thakombau, le roi cannibale des îles Fidji... Ça venait d'une bande dessinée. Sauf que Ladvergnat a procédé à des analyses et découvert que la tête faisait partie d'un lot en provenance de

Nouvelle-Calédonie. En nettoyant le socle, il a mis à jour une petite inscription : *« Offert par le général Servant »*, ou un truc de ce genre... Selon lui, ça confirmait...

Gocéné se souvint des quatre guerriers remis à la lumière en compagnie de Virginie, du professeur Kerchaoui, et dont les yeux grands ouverts brillaient dans les réserves du musée de l'Homme, près de la Vénus hottentote.

— Ce ne serait pas plutôt : *« Don du Lieutenant de Vaisseau Servant. Prise de guerre du 30 juin 1878. Dumbéa. »* Il n'y avait pas un chiffre, après ? Numéro 1, par exemple...

— Si, vous avez raison... Comment vous savez tout ça ?

Un chat se glissa sur la branche maîtresse d'un arbre du jardin, derrière la fenêtre qu'aucun rideau ne protégeait.

— Écoutez, monsieur Deschenke, je n'ai pas beaucoup de temps, je repars sur mon île dans trois jours, et vous n'entendrez plus jamais parler de moi. Je n'ai jamais supplié personne, même dans les pires moments de mon existence... Il faut tout me dire, je vous en prie...

Le départ qu'évoquait Gocéné n'avait pas seulement la forme d'un sillage d'avion dans le ciel de Roissy, le forain y vit aussi le voile noir de la mort. Il se servit un dernier verre de bière.

— Le docteur Ladvergnat faisait équipe avec un autre toubib, un type vraiment louche du nom d'Escuvier. Il le secondait, mais surtout il le doublait... C'est lui qui suivait toutes les affaires du légiste. Il était en cheville avec toutes sortes de malades, des collectionneurs d'entrailles... En Europe, il existe plusieurs dizaines de gens assez frappés et assez riches pour s'offrir un musée personnel composé de pièces anatomiques. Ils ne ramassent pas n'importe quoi. Le fin du fin, c'est de se procurer des quartiers de viande humaine qui ont appartenu à des stars de l'Histoire, des génies du crime, des gloires de la scène artistique... Le dealer naturel, c'est le préposé aux autopsies... Escuvier ne s'intéressait pas aux moulages. Avant que je vende tout mon lot au musée des Arts Forains, il m'a pris une douzaine de bocaux dont celui contenant la tête de Thakombau, enfin d'Ataï... J'ai livré le tout, bien calé dans des caisses, à un avocat d'affaires collectionneur de crânes.

— Il habite où, en France ?

— À l'époque, son cabinet et son appartement occupaient les deux ou trois étages d'un petit immeuble de la rue Croulebarbe, pas très loin de la Manufacture de tapisseries. Le nom du client ne me revient pas... La salle d'exposition se trouvait, elle, en sous-sol, dans une grande salle voûtée.

Gocéné reprit le bus en sens inverse, et avala un hamburger à la terrasse chauffée du Tex-mex, face à une des Folies laquées rouge du parc de la Villette. Après un bref parcours sur les Maréchaux, il s'engouffra dans le métro jusqu'à Croix-de-Chavaux. Le soir même, en compagnie d'Isabelle, Karine et Jimmy, ils se rendirent en voiture dans le quartier des Gobelins. Au bout de la rue Croulebarbe, juste avant le square Le Gall, une plaque de cuivre brillait au rez-de-chaussée d'un ancien bâtiment industriel : *« André Durouan, avocat au Barreau de Paris. Sur rendez-vous. »* Ils continuèrent leur promenade sans marquer de temps d'arrêt, pour ne pas laisser de trace d'intérêt sur les bandes des caméras de surveillance. Une fois revenus dans la voiture, Jimmy rayonnait.

— C'est impeccable ! Le montreur de monstres n'a pas l'air de t'avoir menti...

Gocéné calma l'enthousiasme de Jimmy.

— Le problème, c'est que nous ne pouvons agir qu'à coup sûr. Il a peut-être transmis son cabinet à son fils, son cousin, un associé... On ne peut pas échouer si près du but. Il faut vérifier, mais le problème c'est que je ne vois pas de quelle manière...

Isabelle piocha son portable dans sa besace.

— Le plus simple, c'est de lui téléphoner. Il s'appelait comment, l'adjoint pourri du médecin légiste ?

— Escuvier...

Elle se pencha vers Jimmy et Gocéné qui étaient assis à l'avant.

— Je l'appelle en prenant ma voix la plus suave, je me fais passer pour une collaboratrice d'Escuvier, et je lui propose l'affaire du siècle... J'ai trois ans d'atelier-théâtre derrière moi... On saura immédiatement à quoi nous en tenir.

Elle pianota l'indicatif de l'annuaire pour obtenir le numéro d'André Durouan qu'elle composa. Un message enregistré se déclencha après la troisième sonnerie suivi d'un court sifflement aigu.

— Bonsoir... Je suis une amie d'Escuvier et j'ai pu me procurer une pièce ana...

Le début du monologue fut interrompu.

— André Durouan à l'appareil... Si vous avez quelque chose d'important à me dire, le téléphone n'est pas le moyen le plus approprié... Passez me voir à mon cabinet avec un échantillon... Je suis en déplacement toute la journée de demain. Je ne serai pas de retour avant vingt heures. Laissez-moi le temps de me poser. On dit vingt et une heures ?

— Demain à vingt et une heures, d'accord, vous pouvez compter sur moi.

Elle coupa la communication en soupirant.

— C'est lui.

La mobilisation du clan kanak et la préparation minutieuse de la rencontre avec l'avocat occupèrent toute la journée du jeudi. Il y avait là Goropwé de Poindimié, l'ancien pêcheur aux épaules de rugbyman de Ponerihouen, Lazare de Koné, Apollinaire de Hienghène, Steeve de Houaïlou et Phulbert des îles Loyauté. Ils tracèrent au feutre noir le plan du quartier des Gobelins sur une grande feuille épinglée au mur de la salle de séjour, signalant en rouge les places des caméras vidéo, en vert le lieu d'attente assigné à chacun, puis en marron les itinéraires de repli vers les trois voitures garées dans trois rues avoisinantes. Plusieurs d'entre eux, comme Jimmy et Gocéné, avaient vécu la fraternité des barrages quand la Kanaky s'était dressée, et ils retrouvaient, en haut de cette tour HLM de Montreuil, la sensation de ne faire plus qu'un au moment de l'action. Jimmy donna les ultimes directives.

— On se retrouve un quart d'heure avant le coup de sonnette d'Isabelle devant la Manufacture des Gobelins, et chacun ira prendre son poste. En attendant, vous retournez vous changer. On est bien d'accord : pas de baskets, de casquettes, de chemises hawaïennes ni de parkas. On ne fume pas non plus, à cause de la lumière des briquets. Les portables, on les laisse dans les voitures. Vous sortez le costume du dimanche, la cravate, et si vous avez un chapeau, n'hésitez pas à vous le poser sur la tête. Surtout toi, Steeve, avec tes dreadlocks... Dix Kanak dans une rue des quartiers chics, ça risque de ne pas passer inaperçu, autant limiter l'impact.

Au moment de partir, Karine fit monter la pression, exigeant d'accompagner ses parents. Elle accepta de traverser le palier pour se rendre chez la voisine contre la promesse de Gocéné, à son retour, de lui raconter l'expédition par le menu. Ils se rassemblèrent comme convenu à la porte d'Italie, roulèrent en convoi jusqu'au boulevard Arago, et de là se dispersèrent vers les emplacements choisis pour le stationnement. Les premiers à quitter le point de ralliement de la Manufacture firent le tour par la rue Corvisart, d'autres empruntèrent la rue Berbier-du-Mets, d'autres encore les Reculettes. Jimmy et Gocéné s'engagèrent directement dans la rue Croulebarbe, et vinrent se dissimuler sous le porche obscur d'une entreprise de garde-meubles. À neuf heures moins cinq, Isabelle les dépassa, sans leur jeter le moindre regard, un carton à chapeau se balançant au bout de son bras. Elle s'arrêta devant la porte de Durouan, en retrait, afin de bien être dans le champ des caméras et pressa le bouton d'appel. La porte blindée s'ouvrit immédiatement. Elle se baissa pour déposer le carton rempli de livres contre le chambranle et interdire ainsi la fermeture, alors que l'avocat descendait les dernières marches d'un escalier en colimaçon planté au milieu de son loft. Dehors, c'était la cavalcade. Phulbert et Steeve entrèrent en trombe, suivis de Goropwé et du mari de Solange puis des trois autres hommes qui entouraient Gocéné. Durouan, apeuré, s'était réfugié dans un recoin de la vaste pièce, près d'un palmier en pot. Jimmy s'approcha de lui.

— Il y a quelqu'un d'autre dans cette maison ?

— Non. En semaine, je suis toujours seul... Je n'ai pas d'argent ici... Tout ce qui a de la valeur est accroché aux murs... Les tableaux, les gravures, les tapis. Ne me faites pas de mal. Prenez ce que vous voulez et partez...

Le vieux Kanak sortit du groupe.

— Vous vous trompez, maître Durouan... Nous ne sommes pas des voleurs, mais des volés. Je me présente, mon nom est Gocéné, de la tribu de Tendo. Cela fait exactement cent vingt-quatre ans que mon peuple attend le retour d'un bien dont il a été dépossédé.

— Quel bien ? Je ne comprends rien à ce que vous me racontez ! Je ne sais même pas de quel peuple il s'agit... Je n'ai rien pris à personne, moi... J'ai des factures pour tout. On vous a mal renseignés.

Gocéné prit place sur une des méridiennes qui formaient salon.

— C'est bien possible, et nous sommes venus pour le vérifier. On va faire le point... Il y a une quinzaine d'années, Escuvier l'adjoint de Roger Ladvergnat à l'Institut médico-légal, vous a mis en contact avec un forain, Robert Deschenke, qui avait décidé d'arrêter son commerce. Il promenait une sorte de musée des horreurs à travers l'Europe. Une grande majorité de ses objets n'étaient que des moulages, mais il possédait quelques pièces anatomiques originales prélevées sur des humains, au moment de leur mort. Il semble que vous en ayez acheté plusieurs... Vrai ou faux ?

L'avocat qui s'était assis pour écouter son accusateur, se remit debout pour arpenter la salle.

— C'est n'importe quoi ! Je me passionne pour l'art africain et océanien. Vous pouvez monter à l'étage, une partie de ma collection y est exposée... Allez-y, n'hésitez pas... Votre informateur vous a raconté n'importe quoi ! Je m'occupe de création, de représentations. De rien d'autre. Qu'est-ce que j'irais faire avec un bateleur de foire ? Vous pensez peut-être que l'on déniche des chefs-d'œuvre dans des baraques foraines ? C'est du roman-feuilleton...

Il profita de ce qu'il s'était éloigné pour saisir un téléphone portable dissimulé sur une étagère et pointa le doigt vers les touches.

— Sortez pendant qu'il est encore temps. J'appelle les flics...

D'un bond, l'ancien pêcheur de Ponerihouen était déjà sur lui, et sa poigne broyait la main de Durouan. Gocéné se leva à son tour.

— Je ne crois pas que ce soit la peine de grimper dans les étages. Les ancêtres se cachent sous nos pieds. On descend comment dans votre cave ?

— Il n'y en a pas...

Goropwé avait tiré un rideau, découvrant la porte d'un ascenseur.

— À quoi sert le bouton « — 1 » alors ? C'est direct le métro ?

— J'ai un parking, pour la voiture...

Ils s'entassèrent à cinq autour de l'avocat résigné, dans la cabine, et débouchèrent dans une imposante salle voûtée au sol recouvert de sable blanc dans lequel couraient des cheminements composés de vagues en pavage qui rappelaient les arcs-boutants de pierre du plafond. Des projecteurs dissimulés derrière les piliers diffusaient une lumière dorée sur les murs. Lazare leva les bras au ciel.

— C'est quoi ça ! On est où ?

— Une ancienne carrière de pierre transformée en brasserie... On y a fabriqué de la bière pendant près de cent ans...

Jimmy s'était avancé dans une pièce attenante. Son cri résonna sous les arcades.

— Venez voir, vite !

Ils se précipitèrent dans la direction d'où venait la voix. La tête d'un Annamite, flottant dans le formol, occupait une niche en forme d'ogive, creusée dans la paroi calcaire. Isabelle et le reste du groupe les avaient rejoints. Une dizaine d'autres cavités recelaient des dépouilles d'Africains, d'Indiens, d'Esquimaux. Ils progressèrent dans le labyrinthe. La tête d'Ataï était posée dans la dernière salle, au sommet d'une sorte de mausolée fait de blocs assemblés au milieu desquels on avait ménagé des cavités. Chacune d'elles contenait un bocal renfermant un débris humain : un pied, une main, un bras, une cuisse, un thorax, un sexe, un cœur, et le tout recomposait un corps dans sa totalité... Ils demeurèrent interdits devant l'assemblage morbide, gagnés peu à peu par la nausée. Gocéné s'approcha de la sculpture pour lire les indications portées sur les cartouches : « Main droite de Mata-Hari », « Pied gauche de Brasillach », « Organes génitaux de Landru », « Cœur de Pierre Loutrel », « Mollet de Troppmann »... Jimmy et Steeve escaladèrent les blocs de pierre pour se saisir de la tête d'Ataï et la remettre à Gocéné.

ÉPILOGUE

Gocéné avait tenu la promesse faite à Karine, en rentrant à Montreuil, même s'il avait passé sous silence la découverte de la crypte de l'avocat, dans le sous-sol de la rue Croulebarbe. Deux jours plus tard, tous les exilés l'avaient accompagné à Roissy, avec les femmes, les enfants, les amis, mais sans ce qu'il était venu chercher à Paris. Virginie et le professeur Kerchaoui eurent besoin de plusieurs semaines de démarches pour organiser un prêt de trésors océaniens au Centre culturel Tjibaou de Nouméa. Les quatre têtes kanak du musée de l'Homme offertes par le Lieutenant de Vaisseau Servant, ainsi que celle qui portait le numéro un, faisaient partie du voyage.

Dès son débarquement de la soute de l'Airbus, sur le tarmac de La Tontouta, elle fut chargée dans le coffre de la voiture de Wathiock. Dans l'habitacle saturé de musique kanéka,

Gocéné demeura silencieux pendant tout le voyage qui les menait à La Foa puis, de là, vers la tribu de Kowalé. Wathiock vint se garer sur le pré où paissaient les chevaux, le capot de la nissan pointé sur la case du chef. Tous les habitants du village étaient rassemblés sous les tôles de la cantine et observaient les arrivants. Le jeune Kanak se saisit de la caisse et la porta jusqu'à l'entrée de la case où il la remit à Gocéné. Celui-ci se baissa et s'avança jusqu'à la limite du feu. D'un mouvement des paupières, le chef de la tribu lui fit signe de s'asseoir. Gocéné s'agenouilla pour déposer la boîte devant son hôte.

— Je suis très honoré que vous ayez accepté de me recevoir... Je m'appelle Gocéné Nondo, et je suis né à Canala. Aujourd'hui j'habite Tendo où je vivais avec ma femme, Minoé. Je suis venu avec l'un des vôtres, qui était absent depuis trop longtemps, et je vous demande d'accepter, les excuses des miens.

Il y eut un long moment de silence qui fit écho au silence éternel d'Ataï, puis Naïna tendit ses mains, paumes offertes, à Gocéné.

Gocéné Nondo, le petit-fils du chef Nondo de Canala, celui qui avait ordonné à Ségou de tuer Ataï, les saisit, incapable de retenir plus longtemps des larmes vieilles d'un siècle.

DU MÊME AUTEUR

Aux Éditions Gallimard

RACONTEUR D'HISTOIRES, *nouvelles* (« Folio », *n° 4112*).

CEINTURE ROUGE, précédé de CORVÉE DE BOIS. Textes extraits de *Raconteur d'histoires* (« Folio 2 € », *n° 4146*).

Dans la collection Série Noire

MEURTRES POUR MÉMOIRES, *n° 1945* (« Folio policier », *n° 15*). Grand Prix de la littérature policière 1984 — Prix Paul Vaillant-Couturier 1984.

LE GÉANT INACHEVÉ, *n° 1956* (« Folio policier », *n° 71*). Prix 813 du Roman Noir 1983.

LE DERS DES DERS, *n° 1986* (« Folio policier », *n° 59*).

MÉTROPOLICE, *n° 2009* (« Folio », *n° 2971* et « Folio policier », *n° 86*).

LE BOURREAU ET SON DOUBLE, *n° 2061* (« Folio policier », *n° 42*).

LUMIÈRE NOIRE, *n° 2109* (« Folio policier », *n° 65*).

12, RUE MECKERT, *n° 2621* (« Folio policier », *n° 299*).

JE TUE IL..., *n° 2694* (« Folio policier », *n° 403*).

Dans « Pages Blanche » et « Frontières »

À LOUER SANS COMMISSION.

LA COULEUR DU NOIR.

Dans « La Bibliothèque Gallimard »

MEURTRES POUR MÉMOIRE, *Dossier pédagogique par Marianne Genzling, n° 35.*

Dans la collection « Écoutez lire »

MEURTRES POUR MÉMOIRE, (4 CD)

Aux Éditions Denoël

LA MORT N'OUBLIE PERSONNE, (repris dans « Folio policier », *n° 60*).

LE FACTEUR FATAL, (repris dans « Folio policier », *n° 85*). Prix Populiste 1992.

ZAPPING, (repris dans « Folio », *n° 2558*). Prix Louis-Guilloux 1993.

EN MARGE, (repris dans « Folio », *n° 2765*).

UN CHÂTEAU EN BOHÈME, (repris dans « Folio policier », *n° 84*).

MORT AU PREMIER TOUR, (repris dans « Folio policier », *n° 34*).

PASSAGES D'ENFER, (repris dans « Folio », *n° 3350*).

Aux Éditions Manya

PLAY-BACK. Prix Mystère de la Critique 1986 (repris dans « Folio policier », *n° 131*).

Aux Éditions Verdier

AUTRES LIEUX, (repris avec *Main courante* dans « Folio », *n° 4222*).

MAIN COURANTE, (repris avec *Autres lieux* dans « Folio », *n° 4222*).

LES FIGURANTS.

LE GOÛT DE LA VÉRITÉ.

CANNIBALE, (repris dans « Folio », *n° 3290*).

LA REPENTIE, (repris dans « Folio policier », *n° 203*).

LE DERNIER GUÉRILLERO, (repris dans « Folio », *n° 4287*).

LA MORT EN DÉDICACE.

LE RETOUR D'ATAÏ, (repris dans « Folio », *n° 4329*).

CITÉ PERDUES.

Aux Éditions Julliard

HORS-LIMITES, (repris dans « Folio », *nº 3205*).

Aux Éditions Baleine

NAZIS DANS LE MÉTRO.

ÉTHIQUE EN TOC.

LA ROUTE DU ROM, (repris dans « Folio policier », *nº 375*).

Aux Éditions Hoebecke

À NOUS LA VIE ! *Photographies de Willy Ronis.*

BELLEVILLE-MÉNILMONTANT. *Photographies de Willy Ronis.*

Aux Éditions Parole d'Aube

ÉCRIRE EN CONTRE, *entretiens.*

Aux Éditions Eden

LES CORPS RÂLENT.

Aux Éditions Syros

LA FÊTE DES MÈRES.

LE CHAT DE TIGALI.

Aux Éditions Flammarion

LA PAPILLONNE DE TOUTES LES COULEURS.

Aux Éditions Rue du Monde

IL FAUT DÉSOBÉIR.

UN VIOLON DANS LA NUIT.

VIVA LA LIBERTÉ.

L'ENFANT DU ZOO.

Aux Éditions Casterman

LE DERS DES DERS. *Dessins de Tardi.*

Aux Éditions l'Association

VARLOT SOLDAT. *Dessins de Tardi.*

Aux Éditions Bérénice

LA PAGE CORNÉE. *Dessins de Mako.*

Aux Éditions Hors Collection

HORS LIMITES. *Dessins d'Assaf Hanuka.*

Aux Éditions EP

CARTON JAUNE. *Dessins d'Assaf Hanuka.*
LE TRAIN DES OUBLIÉS. *Dessins de Mako.*
L'ORIGINE DU NOUVEAU MONDE. *Dessins de Mako.*
TEXAS ROMANCE. *Dessins de Mako.*

Aux Éditions Liber Niger

CORVÉE DE BOIS. *Dessins de Tignous.*

Aux Éditions Terre de Brume

LE CRIME DE SAINTE-ADRESSE. *Photos de Cyrille Derouineau.*

Aux Éditions Nuits Myrtide

AIR CONDITIONNÉ. *Dessins de Mako.*

COLLECTION FOLIO

Dernières parutions

4042. Denis Diderot	*Lettre sur les Aveugles.*
4043. Yukio Mishima	*Martyre.*
4044. Elsa Morante	*Donna Amalia.*
4045. Ludmila Oulitskaïa	*La maison de Lialia.*
4046. Rabindranath Tagore	*La petite mariée.*
4047. Ivan Tourguéniev	*Clara Militch.*
4048. H.G. Wells	*Un rêve d'Armageddon.*
4049. Michka Assayas	*Exhibition.*
4050. Richard Bausch	*La saison des ténèbres.*
4051. Saul Bellow	*Ravelstein.*
4052. Jerome Charyn	*L'homme qui rajeunissait.*
4053. Catherine Cusset	*Confession d'une radine.*
4055. Thierry Jonquet	*La Vigie* (à paraître).
4056. Erika Krouse	*Passe me voir un de ces jours.*
4057. Philippe Le Guillou	*Les marées du Faou.*
4058. Frances Mayes	*Swan.*
4059. Joyce Carol Oates	*Nulle et Grande Gueule.*
4060. Edgar Allan Poe	*Histoires extraordinaires.*
4061. George Sand	*Lettres d'une vie.*
4062. Frédéric Beigbeder	*99 francs.*
4063. Balzac	*Les Chouans.*
4064. Bernardin de Saint Pierre	*Paul et Virginie.*
4065. Raphaël Confiant	*Nuée ardente.*
4066. Florence Delay	*Dit Nerval.*
4067. Jean Rolin	*La clôture.*
4068. Philippe Claudel	*Les petites mécaniques.*
4069. Eduardo Barrios	*L'enfant qui devint fou d'amour.*
4070. Neil Bissoondath	*Un baume pour le cœur.*
4071. Jonathan Coe	*Bienvenue au club.*
4072. Toni Davidson	*Cicatrices.*
4073. Philippe Delerm	*Le buveur de temps.*
4074. Masuji Ibuse	*Pluie noire.*
4075. Camille Laurens	*L'Amour, roman.*

4076. François Nourissier	*Prince des berlingots.*
4077. Jean d'Ormesson	*C'était bien.*
4078. Pascal Quignard	*Les Ombres errantes.*
4079. Isaac B. Singer	*De nouveau au tribunal de mon père.*
4080. Pierre Loti	*Matelot.*
4081. Edgar Allan Poe	*Histoires extraordinaires.*
4082. Lian Hearn	*Le clan des Otori, II : les Neiges de l'exil.*
4083. La Bible	*Psaumes.*
4084. La Bible	*Proverbes.*
4085. La Bible	*Évangiles.*
4086. La Bible	*Lettres de Paul.*
4087. Pierre Bergé	*Les jours s'en vont je demeure.*
4088. Benjamin Berton	*Sauvageons.*
4089. Clémence Boulouque	*Mort d'un silence.*
4090. Paule Constant	*Sucre et secret.*
4091. Nicolas Fargues	*One Man Show.*
4092. James Flint	*Habitus.*
4093. Gisèle Fournier	*Non-dits.*
4094. Iegor Gran	*O.N.G.!*
4095. J.M.G. Le Clézio	*Révolutions.*
4096. Andreï Makine	*La terre et le ciel de Jacques Dorme.*
4097. Collectif	*«Parce que c'était lui, parce que c'était moi».*
4098. Anonyme	*Saga de Gísli Súrsson.*
4099. Truman Capote	*Monsieur Maléfique et autres nouvelles.*
4100. E. M. Cioran	*Ébauches de vertige.*
4101. Salvador Dali	*Les moustaches radar.*
4102. Chester Himes	*Le fantôme de Rufus Jones et autres nouvelles.*
4103. Pablo Neruda	*La solitude lumineuse.*
4104. Antoine de St-Exupéry	*Lettre à un otage.*
4105. Anton Tchekhov	*Une banale histoire.*
4106. Honoré de Balzac	*L'Auberge rouge.*
4107. George Sand	*Consuelo I.*
4108. George Sand	*Consuelo II.*
4109. André Malraux	*Lazare.*
4110. Cyrano de Bergerac	*L'autre monde.*

4111. Alessandro Baricco *Sans sang.*
4112. Didier Daeninckx *Raconteur d'histoires.*
4113. André Gide *Le Ramier.*
4114. Richard Millet *Le renard dans le nom.*
4115. Susan Minot *Extase.*
4116. Nathalie Rheims *Les fleurs du silence.*
4117. Manuel Rivas *La langue des papillons.*
4118. Daniel Rondeau *Istanbul.*
4119. Dominique Sigaud *De chape et de plomb.*
4120. Philippe Sollers *L'Étoile des amants.*
4121. Jacques Tournier *À l'intérieur du chien.*
4122. Gabriel Sénac de Meilhan *L'Émigré.*
4123. Honoré de Balzac *Le Lys dans la vallée.*
4124. Lawrence Durrell *Le Carnet noir.*
4125. Félicien Marceau *La grande fille.*
4126. Chantal Pelletier *La visite.*
4127. Boris Schreiber *La douceur du sang.*
4128. Angelo Rinaldi *Tout ce que je sais de Marie.*
4129. Pierre Assouline *État limite.*
4130. Élisabeth Barillé *Exaucez-nous.*
4131. Frédéric Beigbeder *Windows on the World.*
4132. Philippe Delerm *Un été pour mémoire.*
4133. Colette Fellous *Avenue de France.*
4134. Christian Garcin *Du bruit dans les arbres.*
4135. Fleur Jaeggy *Les années bienheureuses du châtiment.*
4136. Chateaubriand *Itinéraire de Paris à Jerusalem.*
4137. Pascal Quignard *Sur le jadis. Dernier royaume, II.*
4138. Pascal Quignard *Abîmes. Dernier Royaume, III.*
4139. Michel Schneider *Morts imaginaires.*
4140. Zeruya Shalev *Vie amoureuse.*
4141. Frédéric Vitoux *La vie de Céline.*
4142. Fédor Dostoïevski *Les Pauvres Gens.*
4143. Ray Bradbury *Meurtres en douceur.*
4144. Carlos Castaneda *Stopper-le-monde.*
4145. Confucius *Entretiens.*
4146. Didier Daeninckx *Ceinture rouge.*
4147. William Faulkner *Le Caïd.*
4148. Gandhi *La voie de la non-violence.*
4149. Guy de Maupassant *Le Verrou et autres contes grivois.*
4150. D. A. F. de Sade *La Philosophie dans le boudoir.*

4151.	Italo Svevo	*L'assassinat de la Via Belpoggio.*
4152.	Laurence Cossé	*Le 31 du mois d'août.*
4153.	Benoît Duteurtre	*Service clientèle.*
4154.	Christine Jordis	*Bali, Java, en rêvant.*
4155.	Milan Kundera	*L'ignorance.*
4156.	Jean-Marie Laclavetine	*Train de vies.*
4157.	Paolo Lins	*La Cité de Dieu.*
4158.	Ian McEwan	*Expiation.*
4159.	Pierre Péju	*La vie courante.*
4160.	Michael Turner	*Le Poème pornographe.*
4161.	Mario Vargas Llosa	*Le Paradis — un peu plus loin.*
4162.	Martin Amis	*Expérience.*
4163.	Pierre-Autun Grenier	*Les radis bleus.*
4164.	Isaac Babel	*Mes premiers honoraires.*
4165.	Michel Braudeau	*Retour à Miranda.*
4166.	Tracy Chevalier	*La Dame à la Licorne.*
4167.	Marie Darrieussecq	*White.*
4168.	Carlos Fuentes	*L'instinct d'Iñez.*
4169.	Joanne Harris	*Voleurs de plage.*
4170.	Régis Jauffret	*univers, univers.*
4171.	Philippe Labro	*Un Américain peu tranquille.*
4172.	Ludmila Oulitskaïa	*Les pauvres parents.*
4173.	Daniel Pennac	*Le dictateur et le hamac.*
4174.	Alice Steinbach	*Un matin je suis partie.*
4175.	Jules Verne	*Vingt mille lieues sous les mers.*
4176.	Jules Verne	*Aventures du capitaine Hatteras.*
4177.	Emily Brontë	*Hurlevent.*
4178.	Philippe Djian	*Frictions.*
4179.	Éric Fottorino	*Rochelle.*
4180.	Christian Giudicelli	*Fragments tunisiens.*
4181.	Serge Joncour	*U.V.*
4182.	Philippe Le Guillou	*Livres des guerriers d'or.*
4183.	David McNeil	*Quelques pas dans les pas d'un ange.*
4184.	Patrick Modiano	*Accident nocturne.*
4185.	Amos Oz	*Seule la mer.*
4186.	Jean-Noël Pancrazi	*Tous est passé si vite.*
4187.	Danièle Sallenave	*La vie fantôme.*

4188.	Danièle Sallenave	*D'amour.*
4189.	Philippe Sollers	*Illuminations.*
4190.	Henry James	*La Source sacrée.*
4191.	Collectif	*«Mourir pour toi».*
4192.	Hans Christian Andersen	*L'elfe de la rose et autres contes du jardin.*
4193.	Épictète	*De la liberté* précédé de *De la profession de Cynique.*
4194.	Ernest Hemingway	*Histoire naturelle des morts et autres nouvelles.*
4195.	Panaït Istrati	*Mes départs.*
4196.	H. P. Lovecraft	*La peur qui rôde et autres nouvelles.*
4197.	Stendhal	*Féder ou Le Mari d'argent.*
4198.	Junichirô Tanizaki	*Le meurtre d'O-Tsuya.*
4199.	Léon Tolstoï	*Le réveillon du jeune tsar et autres contes.*
4200.	Oscar Wilde	*La Ballade de la geôle de Reading.*
4201.	Collectif	*Témoins de Sartre.*
4202.	Balzac	*Le Chef-d'œuvre inconnu.*
4203.	George Sand	*François le Champi.*
4204.	Constant	*Adolphe. Le Cahier rouge. Cécile.*
4205.	Flaubert	*Salammbô.*
4206.	Rudyard Kipling	*Kim.*
4207.	Flaubert	*L'Éducation sentimentale.*
4208.	Olivier Barrot/ Bernard Rapp	*Lettres anglaises.*
4209.	Pierre Charras	*Dix-neuf secondes.*
4210.	Raphaël Confiant	*La panse du chacal.*
4211.	Erri De Luca	*Le contraire de un.*
4212.	Philippe Delerm	*La sieste assassinée.*
4213.	Angela Huth	*Amour et désolation.*
4214.	Alexandre Jardin	*Les Coloriés.*
4215.	Pierre Magnan	*Apprenti.*
4216.	Arto Paasilinna	*Petits suicides entre amis.*
4217.	Alix de Saint-André	*Ma Nanie,*
4218.	Patrick Lapeyre	*L'homme-soeur.*
4219.	Gérard de Nerval	*Les Filles du feu.*
4220.	Anonyme	*La Chanson de Roland.*

4221. Maryse Condé — *Histoire de la femme cannibale.*
4222. Didier Daeninckx — *Main courante* et *Autres lieux.*
4223. Caroline Lamarche — *Carnets d'une soumise de province.*
4224. Alice McDermott — *L'arbre à sucettes.*
4225. Richard Millet — *Ma vie parmi les ombres.*
4226. Laure Murat — *Passage de l'Odéon.*
4227. Pierre Pelot — *C'est ainsi que les hommes vivent.*
4228. Nathalie Rheims — *L'ange de la dernière heure.*
4229. Gilles Rozier — *Un amour sans résistance.*
4230. Jean-Claude Rufin — *Globalia.*
4231. Dai Sijie — *Le complexe de Di.*
4232. Yasmina Traboulsi — *Les enfants de la Place.*
4233. Martin Winckler — *La Maladie de Sachs.*
4234. Cees Nooteboom — *Le matelot sans lèvres.*
4235. Alexandre Dumas — *Le Chevalier de Maison-Rouge.*
4236. Hector Bianciotti — *La nostalgie de la maison de Dieu.*
4237. Daniel Boulanger — *Le tombeau d'Héraldine.*
4238. Pierre Clementi — *Quelques messages personnels.*
4239. Thomas Gunzig — *Le plus petit zoo du monde.*
4240. Marc Petit — *L'équation de Kolmogoroff.*
4241. Jean Rouaud — *L'invention de l'auteur.*
4242. Julian Barnes — *Quelque chose à déclarer.*
4243. Yves Bichet — *La part animale.*
4244. Christian Bobin — *Louise Amour.*
4245. Mark Z. Danielewski — *Les lettres de Pelafina.*
4246. Philippe Delerm — *Le miroir de ma mère.*
4247. Michel Déon — *La chambre de ton père.*
4248. David Foenkinos — *Le potentiel érotique de ma femme.*
4249. Eric Fottorino — *Caresse rouge.*
4250. J.M.G. Le Clézio — *L'Africain.*
4251. Gilles Leroy — *Grandir.*
4252. Jean d'Ormesson — *Une autre histoire de la littérature française I.*
4253. Jean d'Ormesson — *Une autre histoire de la littérature française II.*

4254. Jean d'Ormesson — *Et toi mon cœur pourquoi bats-tu.*
4255. Robert Burton — *Anatomie de la mélancolie.*
4256. Corneille — *Cinna.*
4257. Lewis Carroll — *Alice au pays des merveilles.*
4258. Antoine Audouard — *La peau à l'envers.*
4259. Collectif — *Mémoires de la mer.*
4260. Collectif — *Aventuriers du monde.*
4261. Catherine Cusset — *Amours transversales.*
4262. A. Corréard et H. Savigny — *Relation du naufrage de la frégate la* Méduse.
4263. Lian Hearn — *Le clan des Otori, III : La clarté de la lune.*
4264. Philippe Labro — *Tomber sept fois, se relever huit.*
4265. Amos Oz — *Une histoire d'amour et de ténèbres.*
4266. Michel Quint — *Et mon mal est délicieux.*
4267. Bernard Simonay — *Moïse le pharaon rebelle.*
4268. Denis Tillinac — *Incertains désirs.*
4269. Raoul Vaneigem — *Le chevalier, la dame, le diable et la mort.*
4270. Anne Wiazemsky — *Je m'appelle Élisabeth.*
4271. Martin Winckler — *Plumes d'Ange.*
4272. Collectif — *Anthologie de la littérature latine.*
4273. Miguel de Cervantes — *La petite Gitane.*
4274. Collectif — *«Dansons autour du chaudron».*
4275. Gilbert Keeith Chesterton — *Trois enquêtes du Père Brown.*
4276. Francis Scott Fitzgerald — *Une vie parfaite* suivi de *L'accordeur.*
4277. Jean Giono — *Prélude de Pan et autres nouvelles.*
4278. Katherine Mansfield — *Mariage à la mode* précédé de *La Baie.*
4279. Pierre Michon — *Vie du père Foucault — Vie de Georges Bandy.*
4280. Flannery O'Connor — *Un heureux événement* suivi de *La Personne Déplacée.*
4281. Chantal Pelletier — *Intimités et autres nouvelles.*
4282. Léonard de Vinci — *Prophéties* précédé de *Philosophie et aphorismes.*

Composition C*MB* Graphic
Impression Novoprint
à Barcelone, le 10 janvier 2006
Dépôt légal : janvier 2006

ISBN : 2-07-030501-5./Imprimé en Espagne.

131950